LA ZONE

D1213559

STÉPHANIE HURTUBISE

LA ZONE

LA MISSION ONIRIQUE

ÉDITIONS
MICHEL
QUINTIN

Catalogage avant publication de Bibliothèque et Archives
nationales du Québec et Bibliothèque et Archives Canada

Hurtubise, Stéphanie

La zone

Sommaire: t. 1. Les aventures d'Edwin Robi -- t. 2. La mission
onirique -- t. 3. Les porteurs du pouvoir.
Pour les jeunes.

ISBN 978-2-89435-479-7 (v. 1)
ISBN 978-2-89435-480-3 (v. 2)
ISBN 978-2-89435-481-0 (v. 3)

I. Titre. II. Titre: Les aventures d'Edwin Robi. III. Titre: La
mission onirique. IV. Titre: Les porteurs du pouvoir.

PS8615.U77Z42 2010   jC843'.6   C2010-941177-3
PS9615.U77Z42 2010

Illustrations de la page couverture et de la page 5: Boris Stoilov
Infographie: Marie-Ève Boisvert, Éd. Michel Quintin

Le Conseil des Arts du Canada
The Canada Council for the Arts

SODEC
Québec

Patrimoine
canadien

La publication de cet ouvrage a été réalisée grâce au soutien
financier du Conseil des Arts du Canada et de la SODEC.

De plus, les Éditions Michel Quintin reconnaissent l'aide
financière du gouvernement du Canada par l'entremise du
Fonds du livre du Canada pour leurs activités d'édition.

Gouvernement du Québec – Programme de crédit d'impôt
pour l'édition de livres – Gestion SODEC

ISBN 978-2-89435-480-3
Dépôt légal – Bibliothèque et Archives nationales du Québec, 20
Dépôt légal – Bibliothèque et Archives Canada, 2010

© Copyright 2010

Éditions Michel Quintin
C.P. 340, Waterloo (Québec)
Canada J0E 2N0
Tél.:   450 539-3774
Téléc.: 450 539-4905
editionsmichelquintin.ca

1 0 - G A - 1

Imprimé au Canada

À Cécile, ma bonne et douce maman.

Un rêve sans étoiles est un rêve oublié.
Paul Eluard

Prologue

Edwin, un adolescent de presque treize ans, avait ordinairement la merveilleuse faculté de maîtriser ses rêves. Il pouvait même choisir leur contenu d'avance. Et, au réveil, il se souvenait toujours de tout aussi clairement que s'il s'était agi de la réalité.

Il en avait toujours été ainsi… jusqu'à cette semaine où lui qui n'avait jamais fait le moindre cauchemar avait soudain vu ses songes virer à l'horreur. Il avait vécu tant d'aventures désagréables ces dernières nuits que le début lui en semblait très loin. Pourtant, le premier assaut de ceux qui se donnaient le titre de *maldors* n'avait eu lieu que cinq nuits plus tôt. Et Edwin s'en souvenait très bien.

Dans la nuit de dimanche à lundi, il s'était retrouvé le seul passager d'une rame de métro qui filait sans s'arrêter aux stations. Après qu'il eut découvert un cube de cristal doré sur une banquette, un arbre, une armoire, une momie et un géant avaient surgi de nulle part et l'avaient pourchassé. Il leur avait échappé en se réveillant. La nuit suivante, d'autres créatures l'avaient attaqué en le sommant de leur rendre le cube. Il les avait à nouveau semées en parvenant à émerger du sommeil. C'est alors qu'il avait découvert l'objet dans sa chambre. Inexplicablement, il l'avait transporté de son rêve dans la réalité.

Avec Balthazar Canier, son meilleur ami, surnommé Bou ou Boucanier-le-Pirate, Edwin avait tenté de percer les secrets du cube, mais en vain. La nuit d'après, des monstres étaient revenus à la charge ; cette fois ils s'en étaient pris aussi aux rêves de Bou et de sa petite sœur, Melchia ; en les paralysant à l'aide d'un mystérieux faisceau lumineux, ils les avaient retenus dans leurs cauchemars. Mercredi, voulant à tout prix percer les secrets du cube, les garçons s'étaient introduits dans le laboratoire que dirigeait le père de Balthazar. Ils avaient découvert que le lourd objet était creux et constitué d'un élément inconnu sur terre. Ils y avaient même découvert une ouverture peu apparente. Ce même jour, un individu qui se faisait appeler Maldor2 s'était mis à leur envoyer des courriels menaçants en leur ordonnant de leur rendre leur bien. Les créatures les pourchassaient maintenant dans la réalité. Il fallait qu'Edwin se débarrasse du cube.

Et, précisément deux nuits auparavant, il avait réussi, sans trop comprendre comment, à rapporter l'objet dans ses rêves pour le remettre aux monstres. Ceux-ci s'étaient montrés tout heureux de récupérer ce qu'ils appelaient leur *gobeur*, avec lequel ils comptaient chasser les rêveurs. Libéré des maldors, Edwin avait recommencé à rêver en paix.

Un ange nommé Chape Doëgne l'avait alors abordé. Il lui avait appris qu'il était son *gardien-aiguilleur* et qu'il se trouvait dans la *Zone onirique*, le pays des songes. L'ange lui avait expliqué que les âmes des dormeurs s'envolaient vers ce monde parallèle et que les personnages qui jouaient un rôle important dans les rêves – gens, animaux, objets et autres – étaient incarnés par des *Oneiros*, des habitants de la Zone.

La majorité des Oneiros étaient des *acteurs*, mais d'autres géraient les déplacements des âmes endormies. C'était les *aiguilleurs*. Depuis leur poste d'observation, ils transféraient les dormeurs prêts à rêver vers des scènes où ils vivaient leurs songes et ils y dépêchaient des acteurs. On appelait ces scènes des *strates*. Totalement polyvalentes,

11

elles étaient aménagées par l'imagination humaine.

Les aiguilleurs et les acteurs avaient pour supérieur un gardien-aiguilleur, comme Chape Doëgne. Chaque gardien était responsable d'un secteur qui regroupait des milliers d'*observatoires* et il avait des milliers d'aiguilleurs sous ses ordres. Il y avait vingt-six secteurs. Celui dirigé par le sieur Doëgne s'appelait le Secteur-Uni.

Pour lui faire une démonstration du travail des acteurs, son gardien avait entraîné Edwin à l'intérieur du songe de Balthazar. Pour s'y rendre, ils avaient emprunté un *passonge*, c'est-à-dire un passage instantané qui reliait deux endroits de la Zone.

Cela avait été stupéfiant. Edwin en frissonnait encore. Mais ce qu'il avait trouvé encore plus ahurissant, c'était, à son réveil, de découvrir que Bou l'avait vraiment vu. Par la suite, les garçons avaient appris qu'une épidémie de mauvais rêves se répandait sur terre. Elle avait débuté quand Edwin avait remis le gobeur aux maldors. Resté sceptique jusque-là, le garçon avait été obligé d'admettre que la Zone onirique était réelle, de même que l'œuvre cauchemardesque des maldors.

En s'endormant la veille, il ne s'était pas retrouvé dans une strate ; il avait été transporté dans l'observatoire de son gardien, lequel lui avait appris que les étoiles de la Zone onirique disparaissaient peu à peu et que sans elles les gardiens ne pourraient plus aider les rêveurs à se libérer des cauchemars.

Chape Doëgne craignait que les étoiles disparues aient été détruites par le cube de cristal d'or. Comment ? Pourquoi ? Nul ne le savait. Ce qui était sûr, c'était qu'il y avait un lien entre le gobeur, les maldors et les cauchemars. Si les Oneiros parvenaient à retrouver les créatures qui utilisaient ce cube, ils mettraient fin aux disparitions d'étoiles et, puisque tout semblait relié, ils pourraient du même coup remonter à la source de l'épidémie et l'enrayer.

Malheureusement, aucun des rêveurs agressés à l'aide du gobeur n'avait enregistré l'événement avec suffisamment de précision pour mettre les autorités oniriques sur une piste. Aucun, sauf Edwin qui gardait le souvenir de ses rêves. Son gardien-aiguilleur l'avait donc amené à la tour du conseil où siégeaient les dirigeants du pays des songes. Le garçon avait fait la connaissance du bienveillant Carus Philein, le *grand-sagesonge* qui avait l'apparence d'un vieillard translucide, de Gentille Mambonne, l'aimable *vice-sagesonge* qui se présentait comme une tortue de mer géante, et de Lavisée Sévira, l'autre vice-sagesonge qui personnifiait une irritable horloge de parquet.

Suite au récit qu'Edwin leur avait fait, les dirigeants avaient affirmé qu'ils n'auraient qu'à visionner ses cauchemars pour identifier les maldors, chose qui leur avait été impossible avec les rêves trop flous des autres victimes. Le garçon avait ainsi appris que tous les songes étaient conservés dans la mémoire de la Zone onirique et qu'ils constituaient une banque de données que les Oneiros pouvaient consulter à leur guise grâce aux *dynamappes*, des cartes dynamiques qui pouvaient visualiser tous les endroits accessibles du monde des rêves.

Mais Edwin n'avait pu demeurer plus longtemps dans la Zone pour assister à la suite de ce rêve merveilleux. Trop bien reposé, il avait bâillé de plus en plus irrésistiblement pour finalement bondir de réveil. Il était rassuré quant au sort des maldors et à celui des rêveurs. Mais…

1

Intimidation

Lorsque Edwin Robi ouvrit les yeux, son expression irradiait tout l'optimisme dont il faisait montre habituellement, c'est-à-dire lorsque le souvenir de la mort tragique de ses parents ne le plongeait pas dans la mélancolie.

— Quel rêve fantastique ! s'exclama-t-il en s'étirant. Ça fait du bien, après toutes ces nuits de cauchemars abominables. Je me sens en excellente forme.

Il se réjouissait réellement que tout se soit arrangé aussi aisément. Les *sagesonges* avaient été formels, quelques instants leur suffiraient pour mettre les maldors hors d'état de nuire et l'épidémie de cauchemars allait être jugulée aussitôt. « Même si je n'ai eu aucun pouvoir sur ce rêve, il a été vraiment fabuleux, songea-t-il. Tout ce que j'ai découvert ces deux dernières nuits, c'est géant ! » La certitude qu'il nourrissait d'avoir joué un rôle déterminant dans le dénouement de cet imbroglio n'était pas non plus sans titiller sa fierté, sinon son orgueil. Lui, Edwin Robi, il avait fourni les données nécessaires pour rendre les joies du sommeil à ses contemporains. Il y avait de quoi se gonfler de son importance.

Il se leva d'un bond. Il avait hâte de raconter tout cela à Balthazar. Il quitta sa chambre en penchant la tête mécaniquement, comme il en avait développé l'habitude. Malgré cela, avec son mètre quatre-vingt-cinq, il sentit ses cheveux effleurer le cadre de la porte ; au premier étage, cette maison ancienne avait vraiment des portes très basses. Il se pencha aussi pour ne pas se cogner contre le lustre du couloir et, ayant dévalé l'escalier, il passa par la cuisine où sa grand-mère Cécile était déjà attablée.

— Bonjour, mamie, dit-il en l'embrassant sur la joue.

— As-tu bien dormi, mon trésor ? demanda-t-elle en caressant les cheveux blancs de son petit-fils.

— Oh oui ! J'ai fait un rêve magnifique, tu ne peux pas savoir.

— C'est vrai, je n'ai jamais rêvé et je ne pourrai jamais savoir ce que c'est. Enfin… je suis heureuse que tu n'aies pas fait d'autres cauchemars.

Les yeux roses du jeune albinos s'attristèrent et rougirent davantage. Cela le désolait que sa grand-mère n'ait jamais pu profiter de la beauté des songes. Elle lui sourit pour lui signifier que cela n'enlevait rien à son bonheur. Cécile était toujours rayonnante de joie.

Ils déjeunèrent ensemble. Cinq minutes plus tard, Edwin lança :

— Je m'en vais chez Bou. À tout à l'heure !

Au coin de la maison, il prit le passage qui reliait sa rue à celle de son copain. Arrivé à la porte, il ne sonna pas ; il utilisa plutôt la clé que lui avait donnée madame Canier quand Bou et lui avaient commencé l'école ; Cécile en avait aussi remis une de leur maison à Bou. Il entra et monta l'escalier menant aux chambres. Celle de son ami était au fond du couloir. Lorsqu'il frappa, une voix endormie lui dit d'entrer.

— J'ai tant de choses à te raconter ! lança Edwin.

— Qu'as-tu de si important à dire de si bonne heure ? s'enquit Balthazar sans ouvrir les yeux.

— Tu me le demandes ? Ne me dis pas que tu ne te rappelles plus l'épidémie de cauche-mars et mes aventures dans la Zone onirique !

— Bien sûr que je m'en souviens ! s'exclama Bou en s'asseyant. J'étais juste mal réveillé… Tu sais bien que je n'oublie jamais rien.

Edwin était en effet bien placé pour connaître la phénoménale mémoire de son ami, qui savait par cœur tant de numéros, de codes, de textes et de monologues!

— Bou, j'ai passé une nuit fantastique!

— As-tu revu Chape Doëgne, ton ange gardien-aiguilleur?

— Notre gardien-aiguilleur! C'est aussi le tien, ne l'oublie pas... Oui, il m'attendait. Et tu ne peux pas imaginer ce qui s'est passé par la suite.

— Raconte!

— Tu as pu revoir tes rêves? s'émerveilla Balthazar lorsque Edwin se tut. Nom d'un hypermédia!

— Malheureusement non, car le matin était arrivé et j'étais si... reposé que je me suis mis à bâiller sans arrêt et que j'ai bondi de réveil. Mais les sagesonges m'ont dit que ce n'était qu'une question de minutes avant qu'ils apprennent qui sont ces rebelles et qu'ils les arrêtent. Ils m'ont assuré que tout rentrerait dans l'ordre aujourd'hui. La pandémie de cauchemars est donc de l'histoire ancienne!

— Tant mieux! s'exclama Bou.

Il regarda par la fenêtre. Voyant qu'il avait commencé à pleuvoir, il se rembrunit :

— Bogue ! C'est fichu pour les activités extérieures. Qu'est-ce qu'on fait aujourd'hui, dans ce cas ?

— Si on allait dans mon atelier ? dit Edwin. On va bien trouver quelque chose à bricoler.

— Bonne idée.

L'atelier d'Edwin était rempli d'objets disparates dont les voisins s'étaient débarrassés. En fouinant dans l'attirail, ils dénichèrent deux dévidoirs en carton épais qui avaient servi à enrouler des câbles électriques.

— Ces tourets me donnent une idée, dit Edwin. Que dirais-tu si on fabriquait un distributeur de croquettes automatisé pour le chat de madame Suzon ?

— Excellente idée ! Avec un tel dispositif, Zonzon pourra enfin se permettre de longues sorties sans avoir à trouver une nounou pour son goinfre qui mange toute sa bouffe d'un coup.

Edwin fureta à nouveau dans son bazar et dénicha le panier circulaire d'un ancien projecteur de diapositives, un moteur de ventilateur et un fil électrique muni d'une prise.

19

— Nous avons presque tout ce qu'il faut.

Il fouilla encore dans une caisse dont il extirpa des poulies et des chambres à air de vélo.

— Voici notre réducteur de vitesse et ses courroies, ajouta-t-il. Il ne manque plus que quelques boulons et nous serons sur la bonne voie.

— Il nous faudrait deux interrupteurs et un relais temporisateur, fit remarquer Bou.

— J'ai ça, annonça Edwin en indiquant ce qui restait d'un vieux portail électrique.

À midi, quand Cécile les invita à venir manger, la confection de la distributrice était avancée. Les garçons avalèrent leur repas en vitesse et retournèrent à l'ouvrage.

Peu après, la grand-maman réapparut dans l'embrasure de la porte.

— Je viens de me rappeler que tu avais du courrier dans la boîte aux lettres, dit-elle à Edwin.

Elle lui tendit une enveloppe cachetée sur laquelle on avait simplement écrit *Edwin*. Il n'y avait pas de timbre ni d'adresse et aucune indication n'apparaissait sur l'enveloppe concernant l'expéditeur. Il attendit que sa grand-mère fût repartie avant d'ouvrir le pli. Il contenait un texte imprimé :

Jeune Robi,
Au nom des maldors, je te remercie de nous avoir rendu notre gobeur. Nous pouvons poursuivre notre noble mission. Si je ne peux plus te commander que sunt Phantamaris Phantamari, *je peux tout de même te mettre en garde :* initium sapientiæ timor maldorum. *Oui Edwin, la crainte des maldors est le début de la sagesse. Je suis sûr que tu le réalises, maintenant que tu as eu la preuve de notre puissance et que tu regrettes de ne pas être du bon côté. Aussi, je t'annonce que nous viendrons te trouver cette nuit pour te donner une chance de te rallier à l'équipe gagnante.*
À bientôt,

Maldor2

Les deux amis se regardèrent avec stupeur. Maldor2 était un des êtres qui les avaient attaqués. C'était celui qui personnifiait un empereur Romain et portait une armure et un masque platinés. Il avait poursuivi les garçons jusque dans la réalité, mis les appareils du laboratoire hors service et coupé le courant à l'université.

— Encore lui? bredouilla Balthazar. Mais… je croyais que c'était fini…

— C'est pourtant fini. Les sagesonges me l'ont assuré.

Bou sortit de l'atelier en courant. Edwin le suivit. Il alla retrouver Cécile à qui il demanda :

— Madame Robi, dites-moi, quand ce message est-il arrivé ?

— Comme j'avais ramassé le courrier de la veille en rentrant de ma réunion et que cette missive ne s'y trouvait pas, quelqu'un l'a déposée quelque part entre dix-huit heures hier et onze heures trente aujourd'hui. Pourquoi ?

— Euh… pour rien.

Ils revinrent à l'atelier. En voyant l'air inquiet de son ami, Edwin le rassura :

— Que le mot ait été livré hier soir, cette nuit ou tôt ce matin ne fait aucune différence, Bou. À l'heure qu'il est, les sagesonges ont arrêté les maldors. Cette menace ne vaut donc plus rien…

Il fronça les sourcils et ajouta d'une voix inquiète :

— Mais comment peuvent-ils nous rejoindre ? D'abord, le cube sort de mon rêve pour se retrouver dans la réalité, et Maldor2 intervient dans notre vie de tous les jours… Y a-t-il un pont entre le monde des songes et celui où nous nous retrouvons à l'état de veille ? Voilà un mystère que je n'arrive pas à débrouiller…

Edwin mit la feuille en boule et la balança dans la poubelle en ajoutant :

— On le termine, ce distributeur?

— Oui, tu as raison.

Ils achevèrent la construction en fin de journée. La pluie avait cessé. Ils se rendirent chez madame Suzon qui se montra enchantée de pouvoir compter sur ce nouveau dispositif. Quant à son gros chat, il se précipita sur la nourriture qui se déversa dans son bol au moment où les garçons firent la démonstration de son fonctionnement. Fiers du résultat, ils rentrèrent chacun chez soi.

Après le repas du soir, Edwin revint dans son atelier pour y mettre de l'ordre. Lorsqu'il s'approcha de la poubelle avec le ramasse-poussière, il arrêta son geste et considéra le papier chiffonné. Se ravisant, il récupéra le mot de Maldor2, le défroissa et le rangea dans un tiroir. «En souvenir», se dit-il.

Il monta se mettre au lit. «À quoi vais-je rêver, cette nuit? Hum… j'ai trouvé!» Lui qui avait toujours souhaité voir de près les cheminées de fée de Bryce Canyon en Utah aux États-Unis ferma les yeux en s'imaginant qu'il escaladait ces hautes colonnes de roche rouge et ocre créées par l'érosion, que les légendes amérindiennes considéraient comme des gens pétrifiés.

Edwin rouvrit les yeux. Persuadé de voir s'étaler devant lui un vaste canyon baigné de soleil, il fut étonné de n'apercevoir aucune gorge rocheuse, nulle colonne de pierre, pas même un petit caillou et encore moins la lumière du jour. Devant lui s'étendait une nuit étoilée et, à ses pieds, les bâtiments illuminés d'une grande ville.

— Te voilà enfin, dit quelqu'un dans son dos.

Edwin se retourna. Il était dans une salle hémisphérique de verre garnie d'appareils, face à un homme très grand vêtu d'une tunique mordorée ; il avait les yeux turquoise et ses cheveux blonds descendaient en boucles sur ses épaules. Le garçon reconnut l'observatoire de *Bulle-Unie* et son gardien-aiguilleur. Il fut surpris et heureux de revoir l'ange.

— Bonsoir, sieur Doëgne. Pourquoi suis-je arrivé dans votre tour plutôt que dans une strate ?

— C'est parce que j'ai quelque chose de très important à te communiquer, répondit l'ange gravement en agitant ses grandes ailes blanches.

— Vous voulez sûrement m'annoncer la capture des maldors, dit Edwin, ses yeux roses brillant d'espoir malgré l'air du gardien qui laissait présager une déception.

— Malheureusement non !

— Mais vous aviez dit qu'il vous suffirait de consulter mes rêves pour identifier ces rebelles et que ce serait un jeu d'enfant de les arrêter…

— C'est ainsi que ça aurait dû se passer, mais ce n'est pas ce qui est arrivé. Quand tu nous as quittés, mes assistants s'apprêtaient en effet à visionner tes cauchemars…

En disant cela, il se retourna et indiqua les individus qu'Edwin avait croisés la veille, mais qui étaient si discrets qu'il n'avait pas remarqué leur présence. L'homme à la longue moustache noire était Kamal Klibi, le petit pigeon marron s'appelait Pipio Biset et le grand miroir monté sur un châssis à pivots portait le nom de Tain Psyché. Ils le saluèrent. Leur chef poursuivit :

— En faisant rejouer tes mauvais rêves sur leurs dynamappes, les aiguilleurs n'ont vu que toi, seul, qui te débattais contre un ennemi invisible. C'est à croire que quelqu'un a retouché chaque enregistrement pour effacer toute trace du passage des maldors. C'est incompréhensible ! Nul ne peut modifier la mémoire de la Zone ! Mais le résultat est là : tes rêves ont été dénaturés et les rebelles n'y apparaissent pas. Je dois t'avouer que nous ne comprenons pas ce qui se passe…

« L'épidémie de cauchemars n'a donc pas été enrayée ! se désespéra Edwin. N'y a-t-il

25

donc aucun moyen de retrouver ces vilaines créatures?» Mais sa conscience lui demanda: «Pourquoi penses-tu que tu es ici?» Il considéra l'ange et lui posa la même question.

— Tu demeures notre seul espoir d'en apprendre plus au sujet des maldors.

— Ah bon? Même si mes rêves ne sont pas assez clairs?

— Le problème n'est pas leur clarté, bien au contraire, on n'en avait jamais vu d'aussi clairs. Mais on en a effacé de grands bouts. Ça ne fait toutefois aucun doute, le récit que tu nous as fait de tes aventures témoigne du fait que tes souvenirs sont excellents et les sagesonges souhaitent te rencontrer à ce propos.

L'ange demanda aux Aiguilleurs si le passonge menant au vestibule était prêt.

— Il l'est, répondit le miroir en se tournant pour réfléchir l'image d'une boule de verre dans laquelle flottaient un globe terrestre, un petit soleil et une lune miniature.

Edwin reconnut l'*horloge-fuseaux* qui indiquait l'heure qu'il était sur terre. Son gardien lui avait expliqué que toute chose pouvait devenir l'entrée ou la sortie d'un passonge, un chemin soit provisoire, soit permanent qui reliait instantanément deux endroits de la Zone onirique. L'horloge qui leur avait servi la veille à atteindre l'oasis de l'ange avait donc été définie ce soir comme accès menant à l'antichambre de la salle du conseil.

— Je vais me rendre directement auprès des sagesonges par un autre chemin pour m'assurer qu'ils sont prêts à te recevoir, dit le gardien. Si tu veux aller m'attendre dans le hall, je viendrai te chercher d'ici peu.

— D'accord.

L'ange plongea au centre du plancher et il s'enfonça dans la mosaïque de verre coloré qui servait d'accès direct à la salle du conseil. Edwin bondit sur l'horloge-fuseaux et disparut à son tour.

Si l'objet qui permettait d'accéder au passonge n'était pas le même que la dernière fois, le point d'arrivée, lui, n'avait pas changé. Edwin jaillit des lèvres d'une statue de marbre dressée au milieu d'une fontaine et atterrit dans une pièce somptueuse. En voyant le luxueux mobilier, il reconnut le vestibule menant à la salle où trônaient les dirigeants du pays des rêves. De chaque côté de la vasque s'élevait un haut portail à double battant. Celui qui faisait face à la statue était de bronze, tandis que celui qui se trouvait derrière était argenté. Edwin s'appuya sur le rebord du bassin et attendit le retour de Chape Doëgne.

À travers le clapotis du jet que déversait la statue dans son dos, il perçut un glou-glou, comme quand un plongeur relâche tout à coup son souffle. Il se retourna. L'eau s'agitait, alors que de grosses bulles remon-taient et venaient crever à la surface. Une ombre bougea dans le bouillonnement, et du fond des remous jaillit une énorme tête. « Un diplodocus ! » Edwin se retourna pour fuir. Trop tard. Devant le portail de bronze était apparue une cabane en ruine. À ses côtés se trouvaient une momie verdâtre et deux géants, l'un portant une grande cape mauve à capuchon, l'autre une armure platinée et une coiffe militaire romaine qui lui cachait le visage.

Edwin tressaillit en reconnaissant certains des maldors qui l'avaient assailli au cours des dernières nuits.

— Chose promise, chose due, lui dit le Romain. Tel que prévu, nous voici. Un homme averti en vaut deux. Alors, jeune Robi : *audi, vive, tace si vis vivere in pace*. Écoute, vis et tais-toi si tu veux vivre en paix.

Edwin regretta de ne pas avoir pris au sérieux cette visite annoncée par Maldor2 dans sa lettre. Il aurait pu en parler à son gardien, qui aurait certainement pris des dispositions pour le protéger. Maintenant, il ne pouvait pas leur échapper ; ils bloquaient les issues, devant comme derrière.

— Je vous ai remis votre gobeur. Que voulez-vous de plus ?

— Nous te sommes reconnaissants de nous avoir rendu notre *gobe-sphériole*, dit le géant caché dans l'ombre de sa cape violette. Tu nous as prouvé que tu étais courageux. C'est pourquoi nous avons décidé de t'offrir de faire partie de notre escouade d'élite. Joins-toi à nous, Edwin ; joins-toi aux maldors.

— Oui, et tu deviendras tout-puissant dans la Zone onirique ! renchérit la baraque.

— *Qui invenit amicum invenit thesaurum*, ajouta le Romain. Celui qui trouve un ami trouve un trésor. Nous t'offrons cependant bien plus que l'amitié et la puissance dans la Zone. Avec nous, tu acquerras aussi la richesse sur terre.

— Ce serait une grave erreur de ta part de te rallier aux sagesonges, poursuivit la momie. Eux n'ont ni pouvoir ni argent à te donner. Fais le bon choix, damoiseau ; opte pour le clan maldor !

Ils se turent pour le laisser réfléchir. Abasourdi, Edwin se mit à transpirer à grosses gouttes. « Pourquoi mon gardien tarde-t-il à revenir ? » se demanda-t-il. « Fais-les patienter jusqu'à son retour », lui souffla sa conscience.

— Qu'attendez-vous de moi ? demanda Edwin pour gagner du temps.

— Nous voulons que tu nous aides à chasser les rêveurs, répondit la momie. Avec ou sans toi, nous parviendrons à nos fins. Mais avec tes aptitudes tu pourrais nous faire gagner du temps. Nous t'offrons donc la chance de faire partie des gagnants. Que choisis-tu ?

Le géant capé tendit les bras, les mains retournées en un geste invitant, et lui dit :

— Deviens un maldor, jeune Robi. Tu ne le regretteras pas.

— *Aut regem aut fatuum nasci oportet*, dit le Romain. Il faut naître roi ou fou pour faire ce qu'on veut. Moi j'ai choisi d'être roi. Et toi, Edwin ? Serais-tu assez fou pour refuser notre offre ?

Lui aussi écartait les bras pour lui signifier qu'il était le bienvenu au sein de l'équipe. La momie l'imita, ainsi que la bicoque qui entrebâilla sa porte. Le dinosaure balança sa tête comme un toutou quémandant un câlin.

« C'est le temps de fuir », lui souffla sa voix intérieure. « Oui, mais comment ? Ils me coupent toutes les issues ! » répliqua-t-il. « Regarde attentivement », soupira sa conscience. La cabane s'élevait devant lui. Par la mince ouverture de sa porte, il ne pouvait qu'entraper-cevoir le portail de bronze dont les panneaux demeuraient clos. «Vas-y! Qu'attends-tu?» s'impatienta sa petite voix.

L'adolescent se rappela son cauchemar dans la forêt et réalisa que, s'il pouvait distinguer le portail, c'était parce que le mur du fond de la cabane faisait défaut. Il décida de risquer le tout pour le tout. Il fit un pas vers la baraque et allongea les bras comme pour lui serrer la poignée. Elle accueillit son geste en ouvrant davantage sa porte. Laissant ses bonnes manières de côté, Edwin plongea dans l'ouver-ture et fonça sur les panneaux de bronze en espérant ne pas s'assommer dessus. À sa grande stupeur, ils s'entrouvrirent d'eux-mêmes juste à temps et juste assez pour le laisser passer et se refermèrent aussi vite derrière ses orteils en émettant un chuintement sourd.

Edwin roula sur une estrade circulaire, débraula une volée de marches et s'affala sur le sol aux pieds de l'ange qui revenait pour l'invi-ter à entrer. Le sieur Doëgne l'aida à se relever. En voyant sa mine troublée, il devina ce qui venait de se passer.

— Les malfrats! Ils ont eu le culot de venir jusqu'ici! Est-ce que ça va, petit?

Edwin acquiesça. Mais, craintif à l'idée que les monstres soient toujours dans le vestibule, il se retourna vers le portail, l'air méfiant. Le gardien devina sa pensée et le rassura :

— Ils sont effrontés, mais pas stupides. Ils ont évidemment déguerpi aussitôt que tu es entré.

Sur l'estrade circulaire, c'était en effet le calme plat et rien ne paraissait des événements qui venaient de se dérouler. Et il n'y avait pas que le calme qui était plat, mais aussi le portail : devant Edwin ne s'élevaient que les deux panneaux dans leur cadre ; plus aucun mur pour les soutenir. Le portail trônait sur son podium tel un article de luxe en exhibition et son mince assemblage ne laissait rien deviner de l'existence du vestibule qui se trouvait derrière ses battants.

— Viens, damoiseau, dit le sieur Doëgne. Les sagesonges t'attendent.

2

Les quatre dynasties

À l'instar de l'observatoire du sieur Doëgne, le plancher de la salle du conseil était aussi en verre, translucide sur la plus grande partie de sa surface, mais orné par endroits de disques colorés. Des dizaines de rosaces multicolores semblables à celle de Bulle-Unie étaient incrustées dans le sol et disposées avec symétrie autour du portail central, formant une figure géométrique abstraite. Le gardien-aiguilleur marcha sur le sol clair entre les vitraux. Edwin lui emboîta le pas.

La haute tour du conseil se trouvait au cœur de la capitale onirique, *Zoneira*. Le regard du garçon fut attiré par la cité qui s'étalait loin sous ses pieds. À cause de la distance et surtout de l'obscurité qui régnait au-dehors, il distinguait mal les formes. Il reconnut néanmoins des choses qu'il avait aperçues lors de sa première visite ; une colline enneigée, des huttes, une vallée rocheuse, des igloos, un volcan en éruption… En se rappelant que l'ange s'était immobilisé la veille au moment où il avait aperçu la coulée de lave, Edwin releva la tête et s'arrêta avant de percuter les ailes de son gardien. Ils étaient arrivés devant les trônes des dirigeants de la Zone.

— Bonsoir, Edwin, lança avec chaleur le grand-sagesonge, un vieillard à la chair translucide.

L'une des vice-sagesonges, soit la grande tortue de mer à la carapace mordorée, s'extirpa de son siège pour serrer les mains du garçon entre ses nageoires. Edwin sourit, heureux de revoir les aimables Carus Philein et Gentille Mambonne.

— Gong ! sonna durement Lavisée Sévira, l'autre vice-sagesonge qui personnifiait une horloge. Je vous rappelle que l'heure est grave et que le moment est mal choisi pour les épanchements et les excès de civilités. Passons aux choses importantes !

— Hum, bien sûr, dit le sieur Philein. Edwin et Chape, prenez place, ajouta-t-il en claquant des doigts pour faire apparaître deux fauteuils. Comme ton gardien te l'a annoncé, jeune homme, nous éprouvons des difficultés avec les archives où devraient apparaître les maldors. Nous ne savons donc pas qui ils sont et nous n'avons pas pu les arrêter. Ils poursuivent leurs méfaits impunément, semant la terreur dans les strates et la désolation dans le ciel onirique, où les *sphérioles* continuent de disparaître à un rythme effréné.

— Sphérioles? répéta Edwin en plissant les yeux. Qu'est-ce que c'est?

— Bong! s'impatienta l'horloge. C'est le nom de nos étoiles, bien sûr, qui, tu l'auras remarqué, sont sphériques. Faut-il te faire un dessin? Dong!

Edwin se détourna de l'irascible dame Sévira et leva la tête pour réfléchir.

« Sphériole, se répéta-t-il, j'ai déjà entendu ce mot. Mais je ne me rappelle plus quand ni qui l'a dit. » Il considéra l'ange. « Non, ce n'est pas mon gentil gardien qui l'a mentionné; j'ai le souvenir que ça a été dit avec rudesse… » Il essaya de se rappeler l'événement. Cela lui revint tout à coup.

— Je savais bien que j'avais déjà entendu parler de sphériole! s'exclama-t-il. Tout à l'heure, quand les maldors m'ont assailli dans le vestibule, le géant à la cape mauve m'a remercié de leur avoir rendu leur gobe-sphériole. Le cube doré servirait donc à avaler les étoiles? Mais pourquoi?

— Ce que tu nous dis là s'ajoute à ce que nous savions déjà, répondit le chef. Le cube annihile l'effet des étoiles sur les rêveurs, c'est évident. Mais il semble qu'il ne se contente pas de cela ; il fait disparaître les étoiles. Pourquoi ? C'est ce que nous nous demandons. Les sphérioles ne vous servent pas seulement à chasser le mauvais de vos rêves, elles nous fournissent aussi un indispensable supplément d'énergie. Un Oneiro serait donc bien fou de souhaiter la perte de nos étoiles. Pourtant, les maldors font fi de cette réalité qui les rattrapera au même titre que tous les autres. Ils détruisent les astres qui leur sont bénéfiques, apparemment dans le but de provoquer la panique chez les humains. Et ça fonctionne ; il n'y a qu'à voir l'augmentation du taux de cauchemars !

— Je ne peux pas croire que certains des nôtres puissent renier leurs origines et leur destinée au point de se rebeller de la sorte, murmura Chape Doëgne.

— Dong ! Si le but des rebelles est de chasser les rêveurs, ils ne pourraient pas mieux procéder ; qui voudrait en effet revenir en un lieu où il est si mal reçu ?

— Mais… les humains n'ont pas le choix ! s'opposa l'ange. Ils n'ont pas d'autre endroit que la Zone où envoyer leur esprit endormi… n'est-ce pas ?

— Qui sait ? répondit la tortue. Si l'épidémie de mauvais rêves n'est pas enrayée, ils seront bien forcés de chercher une échappatoire ! Ils sont si intelligents et débrouillards que je ne doute pas qu'ils trouvent un moyen de nous remplacer…

— Hum… tout juste ! dit le sieur Philein. Voilà pourquoi il est urgent de découvrir l'identité des maldors pour mettre fin à leur révolte. Analysons donc la situation avec objectivité.

— D'accord, répondit dame Mambonne. Demandons-nous pourquoi des Oneiros voudraient chasser les humains de la Zone, alors que c'est notre mission de veiller sur leur sommeil ?

— Bong ! Je ne suis pas d'accord. Ce qu'il faut se demander, c'est plutôt quels Oneiros auraient avantage à voir partir les rêveurs, corrigea dame Sévira.

— Vous cherchez trop loin, intervint le grand-sagesonge.

Il se tourna vers Edwin, le considéra avec gravité et ajouta :

— N'avez-vous pas compris que la solution se trouve devant nous ? Revenons donc aux cauchemars du jeune Robi.

— À quoi bon les regarder à nouveau, puisqu'ils ont tous été trafiqués ? répliqua la tortue.

— Des pans de rêves ont peut-être été effacés de la mémoire de la Zone, mais si Chape a raison ils subsistent dans la tête de leur créateur. Je suis convaincu que la mémoire du damoiseau va nous aider à arrêter les maldors.

— Mais… je ne suis qu'un jeune garçon, s'étonna Edwin. Comment pourrais-je vous aider ?

— Nous savons que tu n'es pas un rêveur ordinaire. Voici ce que j'attends de toi : je voudrais que tu nous décrives les maldors en énumérant toutes leurs particularités.

— Je vous ai raconté mes rêves hier et j'ai rapporté tout ce que je savais…

— Ça manquait de détails, répliqua la tortue. Tu dois pousser plus loin la description.

— Dong ! Pourquoi se donner la peine de consulter ce damoiseau, puisque son réveil doit comme chez tous les humains avoir effacé ce qu'il a vécu ici ?

— Je vous assure que mon protégé a une excellente mémoire, s'opposa l'ange.

— Hum, c'est ce que nous allons voir.

Le grand-sagesonge plongea ses yeux gris dans le regard rose de l'adolescent.

— Hier, tu nous as décrit tes assaillants de façon générale et c'est déjà bien ; ça nous a permis d'apprendre qu'ils étaient cinq et de savoir à quelle dynastie chacun appartient.

Mais tu n'as pas parlé de leurs signes distinctifs et c'est ce dont nous avons besoin pour les reconnaître.

— Cinq? s'étonna Edwin. Comment pouvez-vous parler de seulement cinq maldors, alors que j'ai été attaqué par une douzaine de créatures différentes?

— Hum… fit le grand-sagesonge. Récapitulons. Tu affirmes qu'à ton premier cauchemar, celui dans le métro où tu as découvert le gobeur, tu as eu affaire à cinq malfrats : tu as vu un arbre, un placard, un géant et une momie, et tu n'as qu'entendu la voix de l'autre.

Edwin approuva. Le sieur Philein poursuivit :

— Dans ton second rêve, où tu te baladais sur un radeau, tu as été assailli par un diplodocus, un javelot, une femme-poisson et deux colosses, l'un portant une robe mauve et l'autre une armure romaine. Dans le troisième, tu étais dans une forêt quand ont surgi un élan, une cabane, un homme à tête d'éléphant et les deux mêmes géants. Dans le dernier mauvais rêve, celui dont tes amis et toi avez tous trois été victimes, vous avez été attaqués par un loup, un réfrigérateur, une chimère et les deux individus masqués. Enfin, tout à l'heure, tu as de nouveau été apostrophé dans le vestibule par le dinosaure, la baraque, la momie et les deux grands hommes.

À chacune de ses phrases, Edwin avait hoché la tête affirmativement.

— C'est bien ce que je disais, conclut le sieur Philein : ils sont cinq.

— Cinq à la fois, d'accord, répliqua Edwin qui commençait à s'impatienter, mais vous venez d'en nommer quatorze différents !

— Bong ! Ce que tu peux être obstiné ! dit l'horloge. Si on te dit qu'ils sont cinq, c'est parce qu'ils sont cinq. C'est pourtant évident ; le groupe des maldors est composé d'un *végimal*, d'un *activinertien*, d'un *sortilégeois* et de deux *éléons*. Ce qui fait cinq !

— C'est un faible indice, nota l'ange avec tristesse. Ces cinq-là pourraient être n'importe qui.

— C'est vrai, dit la tortue avec douceur. Mon petit, pourrais-tu tracer des portraits plus précis des cinq individus qui s'en sont pris à toi ?

Exaspéré, Edwin se frotta les tempes pour se calmer. En s'efforçant de rester poli, il dit :

— D'abord, je ne comprends pas du tout comment vous pouvez affirmer qu'il n'y a que cinq maldors. Ensuite, vous utilisez plusieurs mots qui me sont inconnus, ce qui fait que j'ai du mal à suivre votre raisonnement. Enfin, je ne vois pas comment je pourrais décrire les créatures mieux que je l'ai fait, d'autant plus que je n'ai vu la plupart qu'une seule et brève fois…

Ennuyé par les propos décousus des sage-songes, il croisa les bras et s'absorba dans la contemplation des sphérioles. Elles l'intriguaient, avec leur forme ronde et leur teinte irisée qui les faisaient ressembler à des bulles de savon.

Après un temps de silence, Chape Doëgne vint à la rescousse de son protégé.

— Permettez-moi de préciser que le jeune Robi ne connaît pas nos dynasties et encore moins les caractéristiques qui nous distinguent. Il sait seulement que nous pouvons nous métamorphoser à volonté, ce qui ne doit pas l'aider à nous différencier.

« Bien dit ! » songea le garçon. « Chut ! Écoute donc ! » le réprimanda sa voix intérieure.

— Bien sûr ! s'exclama le sieur Philein. Où avais-je la tête en m'adressant au damoiseau comme s'il était l'un d'entre nous ?

Il se tourna vers l'adolescent et poursuivit :

— Je vais te poser une drôle de question : as-tu du mal à reconnaître tes copains quand ils changent de vêtements ?

Edwin ricana. Après avoir bien sûr répondu que non, il ajouta qu'il pouvait, par exemple, toujours identifier son meilleur ami, de loin comme de près, qu'il soit en maillot de bain ou qu'il porte sa grande veste d'hiver avec le capuchon sur sa tête. En plissant les yeux à la manière de celui qui connaît la réponse, le grand-sagesonge lui demanda comment il faisait pour savoir que c'était lui.

— Je connais son allure particulière, je sais reconnaître sa démarche et son maintien, dit Edwin.

— C'est la même chose pour les Oneiros. Chacun possède ses attributs propres.

— Bong! Et, tout ce que nous te demandons, c'est de faire l'effort de te rappeler ceux qui caractérisent les cinq maldors. Dong!

— Calme-toi le tic-tac, Lavisée, nasilla la tortue. Trop d'énervement, ce n'est pas bon pour ta vieille mécanique…

— Dong! Vieille? grinça l'horloge. L'énervement nuit pourtant moins à mes organes que la nonchalance à ton tour de taille… Gong!

Gentille soupira et jugea préférable de ne pas rajouter d'huile sur le feu.

— Hum… Puis-je poursuivre, mes dames? Merci. Damoiseau, je vais te prouver que tu as toujours vu le même groupe de cinq individus. Pour ce faire, je vais te décrire nos dynasties.

Le patriarche l'informa que le peuple de la Zone était divisé en quatre grandes familles qu'on appelait des dynasties. Il s'agissait des éléons, des végimaux, des activinertiens et des sortilégeois. Les Oneiros, qui pouvaient adopter une infinité d'apparences aussi facilement qu'un humain pouvait changer de chemise, étaient cependant limités aux formes correspondant à leur dynastie.

— Pour citer des exemples, le sieur Doëgne est un sortilégeois, Gentille Mambonne est une végimale et Lavisée Sévira est une activinertienne. Pour ma part, je suis un éléon.

Le sieur Philein commença par sa dynastie. Il expliqua qu'avec leur morphologie proche de celle des hommes, leur physionomie neutre et leur chair décolorée, les éléons pouvaient calquer l'aspect des gens à qui pensaient les rêveurs, un peu de la même façon qu'un caméléon s'ajustait à son environnement. Un éléon assumait toujours le rôle d'un humain.

Le grand-sagesonge se tourna vers la tortue, qui prit la relève. Elle apprit au jeune visiteur que les végimaux pouvaient revêtir l'apparence de tous les végétaux et animaux, mais que, contrairement à la flore et à la faune qu'on retrouvait sur terre, l'être incarné par un végimal était doué d'intelligence et avait une personnalité.

— Bong! fit dame Sévira pour prendre la parole. Quant à nous, les activinertiens, nous nous transformons en objets qui vous sont familiers; nous les activons, c'est-à-dire que nous leur donnons vie. À l'instar des végimaux, nous changeons de taille et d'apparence selon notre fantaisie ou celle des rêveurs. Et, à l'inverse des objets que vous retrouvez chez vous qui sont inertes et dénués d'esprit, un activinertien incarne des choses qui raisonnent et qui ont un caractère.

— Pour ça, j'ai pu constater que vous aviez du caractère… ne put s'empêcher de murmurer Edwin.

— Gong! fit l'horloge en courbant ses aiguilles à huit heures vingt pour afficher sa contrariété.

Les trois autres se retinrent de rire.

Le grand-sagesonge décrivit la dynastie des sortilégeois en indiquant que c'était des êtres fantastiques qui pouvaient se montrer séduisants comme les anges, les fées et les sirènes, ou au contraire affreux comme les loups-garous, les ogres et autres monstres.

— Arrives-tu à discerner les différentes peuplades de notre monde? demanda-t-il enfin.

Edwin s'apprêta à répondre oui, mais il hésita. S'il pouvait maintenant répartir les Oneiros en quatre classes et qu'il comprenait enfin pourquoi les sagesonges disaient qu'il n'y avait que cinq maldors, soit deux éléons, un végimal, un sortilégeois et un activinertien, il devait avouer qu'il ne savait toujours pas comment différencier ces individus qui pouvaient se transformer en quasi n'importe quoi à tout moment. Il fit part au grand-sagesonge de sa perplexité.

— Tu as tout à fait raison. Et c'est ici qu'entrent en jeu les signes distinctifs.

— Comme rien ne vaut un exemple concret, poursuivit le sieur Philein en se tournant vers ses assistantes, je vous demanderais, mes dames, d'exécuter quelques transformations, pour faire voir vos caractéristiques particulières au damoiseau.

— Dong! Tu n'es pas sérieux, Carus! s'exclama dame Sévira. Tu veux que nous paradions comme de frivoles damoiselles?

— Pourquoi pas? Vous n'avez rien perdu de votre grâce d'antan!

— Bing! Euh… soit! fit-elle, gagnée par le compliment. Mais sache que si j'accepte de jouer au mannequin c'est uniquement à cause de la gravité de la situation.

En ricanant, Gentille Mambonne se détacha de son siège et rejoignit sa consœur, déjà en position devant Edwin.

45

— Sois attentif, prévint le patriarche, et tu vas découvrir comment reconnaître les Oneiros à leurs caractéristiques invariables.

La tortue géante rentra sa tête et ses pattes dans sa carapace et sa cuirasse chatoyante se transforma en un bouquet de fleurs multicolores couvertes de paillettes dorées. L'horloge d'ébène prit l'apparence d'une berceuse antique qui possédait deux dossiers sculptés se faisant face, mais aucun siège. La végimale et l'activinertienne défilèrent devant l'adolescent, les fleurs tournoyant sur leurs tiges et la chaise glissant sur ses patins cintrés.

— Me reconnais-tu, jeune Robi? demanda l'ensemble floral d'une voix traînarde.

— Et moi, est-ce que je te rappelle quelqu'un? s'enquit le meuble d'une voix vive.

Sans attendre la réponse du garçon, les dames se métamorphosèrent à nouveau. Le plant de fleurs devint un papillon aux ailes turquoise garnies de pois orange et pourpres et zébrées d'or. Il voleta devant le visage d'Edwin et le fixa de son œil droit, l'autre œil regardant trop à gauche; il lui demanda d'une voix qui sortait de sa trompe:

— Me préfères-tu ainsi, petit?

Un tintement lui fit tourner la tête. Une théière d'argent noirci finement burinée, sans couvercle mais munie de deux longs becs verseurs, sautillait sur le plancher comme une balle de caoutchouc.

— Alors! Qui suis-je? Allons! Réponds! dit-elle sur un ton pressant.

Les vice-sagesonges reprirent leur apparence initiale de tortue et d'horloge et se pavanèrent devant le garçon. Puis elles recommencèrent leurs mutations en boucle: bouquet et berceuse, papillon et théière, caret et horloge. Ce fut finalement sous ces dernières formes qu'elles regagnèrent leur place.

— Merci, chères dames, dit Carus Philein. La démonstration était très réussie. Eh bien! damoiseau, as-tu découvert certains attributs qui se répétaient chez nos amies?

Avant de répondre, le garçon ferma les yeux et se concentra. Au bout d'une minute de réflexion, il était prêt. Il se tourna vers la tortue.

— Dame Mambonne, vous êtes une personne paisible et flegmatique. Vous parlez lentement, d'une voix sortant un peu de votre nez. Aussi, les axes de vos yeux ne sont pas parallèles.

Il rougit violemment et ajouta:

— Veuillez m'excuser, mais vous louchez… C'est ce que j'ai constaté…

— Ne sois pas gêné, dit-elle avec compréhension. Ma voix nasillarde et mes yeux divergents font effectivement partie de mes particularités. Continue, mon enfant, tu te débrouilles bien !

— D'accord. Euh… j'ai aussi remarqué que vous étiez légèrement disproportionnée. En papillon, votre aile droite était plus grande que la gauche et en gerbe de fleurs votre côté droit était plus fourni que l'autre. Même en ce moment, vos pattes de gauche sont plus courtes. Mais, ce qui m'a d'abord sauté aux yeux, c'est que vous affichez toujours d'éclatantes couleurs parsemées d'or !

Il avait rajouté sa dernière remarque en souriant.

— Quelle perspicacité ! s'exclama le sieur Philein. Et qu'as-tu remarqué chez dame Sévira ?

— Pour ce qui est du tempérament, confia Edwin sans oser regarder l'horloge, elle est prompte et s'emporte facilement.

— Bong ! Bong ! retentit la cloche. Prompte, moi ? Et quoi encore ?

Elle abaissa ses aiguilles mécontentes à sept heures vingt-cinq.

— Ne fais pas semblant d'ignorer tes sautes d'humeur, Lavisée, dit le chef.

— Dong ! Nous ne lui avons pas demandé de faire une expertise psychologique, mais de relever nos signes physiques !

— Tu peux poursuivre, dit Carus Philein en reportant son attention sur Edwin.

Le garçon s'adressa directement à l'activinertienne :

— Pour chaque magnifique objet que vous représentez, vous savez choisir des matériaux purs et résistants, comme la riche ébène et l'inusable chêne qui ont supporté des climats arides, ou le noble argent qui a connu les rigueurs du temps. De plus, qu'ils soient sculptés dans le bois ou burinés sur le métal, vous arborez toujours de somptueux motifs floraux !

— Ding, ding, drelin ! fit la vice-sagesonge en faisant sourire ses aiguilles à onze heures cinq.

— Non seulement le damoiseau a-t-il capté ce qui échappe à bien des individus, dit le vieil homme, mais il est aussi philosophe et poète.

— Ce qui m'a aussi sauté aux yeux, dame Sévira, ajouta Edwin pour cacher son embarras, c'est qu'un élément normalement unique dans la composition des objets que vous personnifiez se trouve dédoublé chez vous, tandis qu'un autre est manquant, comme les deux dossiers et l'absence de siège pour la chaise, ou les deux becs verseurs de la théière qui ne possède cependant aucun couvercle. En ce moment, l'horloge que vous représentez a deux balanciers, mais pas de vitre.

— Tu as un esprit très pénétrant. Bravo ! s'exclama le sieur Philein. Tu as compris que, tout comme les humains qui naissent avec des marques spécifiques et qui conservent l'empreinte des accidents qu'ils subissent au cours de leur vie, les Oneiros sont affectés de particularités qui leur sont propres. Toutes leurs métamorphoses sont influencées, tant par leurs caractéristiques innées que par les bris et blessures qu'ils ont pu avoir au cours de leur existence.

La tortue et l'ange applaudirent et l'horloge fit entendre un tic-tac d'approbation. Le grand-sagesonge réclama le silence et s'adressa à nouveau à Edwin :

— Maintenant, je voudrais que tu réfléchisses aux particularités des maldors. Si tu arrives à relever ne serait-ce que quelques-unes de leurs marques distinctives, cela nous aidera grandement à les identifier et à les arrêter.

— Avec grand plaisir, sieur Philein.

Il ferma les yeux et se concentra.

Edwin focalisa ses pensées sur les maldors et tenta d'identifier leurs caractéristiques. Mais les idées se mirent à se bousculer dans sa tête en une série de courtes scènes et de paroles rapides ; tout ce qu'il parvint à se rappeler, ce fut leur dernier assaut.

« *Écoute, vis et tais-toi si tu veux vivre en paix* », l'avait menacé le Romain. « *Joins-toi aux maldors!*» lui avait commandé le géant capé. «*Tu deviendras tout-puissant dans la Zone!*» avait grondé la cabane. «*Opte pour le clan maldor!*» lui avait ordonné la momie. Edwin tenta de chasser leurs paroles pour se concentrer sur leur apparence. Mais il ne réussit qu'à revoir le diplodocus qui se dandinait dans la fontaine du hall, la momie et les deux géants qui lui ouvraient les bras et la cabane qui entrebâillait sa porte. Il entendit à nouveau la voix du gladiateur: «*Serais-tu assez fou pour refuser?*»

— Je suis désolé, dit Edwin. Je suis incapable de penser à autre chose qu'à l'assaut des maldors dans le vestibule.

— Ça ne m'étonne pas, dit Gentille Mambonne. Ces crapules t'ont traumatisé. Pauvre petit...

— Hum... il va falloir attendre que le choc s'estompe, annonça Carus Philein.

— Bong! J'espère que ce ne sera pas trop long!

— Je crains malheureusement qu'il faille laisser s'écouler la nuit, formula la tortue.

— C'est aussi ce que je crois, ajouta le vieillard translucide.

— Dong!

Remarquant l'air inquiet d'Edwin, le sieur Philein le rassura:

— En réintégrant la réalité, ton esprit frais et dispos aura recouvré toutes ses facultés. Tu auras donc toute la journée pour réfléchir à la question.

— Bong! Le soleil est loin d'être levé chez lui; il lui reste encore quelques bonnes heures à dormir. Quelle perte de temps! Gong!

— Hum, c'est exact. Et pour ne pas perdre de temps, justement, nous allons en profiter pour faire en sorte que le jeune Robi se familiarise davantage avec notre monde.

Il se tourna vers Edwin et lui demanda si une petite visite guidée lui ferait plaisir.

— J'en serais ravi! Le sieur Doëgne m'a amené dans une strate hier et j'ai adoré. Ça me plairait beaucoup d'en visiter d'autres.

Il avait parlé sans réfléchir. Mais, quand il vit Chape Doëgne frémir, il se rappela que l'ange avait contrevenu au règlement en lui permettant d'intervenir dans le rêve de son ami. Il lui avait bien expliqué qu'il était dangereux pour un rêveur de se retrouver dans la même strate qu'un autre. Edwin avait oublié que cela ne devait pas se savoir. Navré de son étourderie, il se tut et écarquilla des yeux inquiets, ne sachant trop de quelle manière les sagesonges allaient manifester leur courroux. Ils n'eurent cependant aucune réaction, sauf dame Sévira qui sonna et fit la moue en déplaçant ses aiguilles à deux heures quarante-cinq. Mais ses deux collègues la dévisagèrent et elle n'en fit pas plus.

« Ils ont toute confiance en mon gardien, se dit Edwin. Sans doute croient-ils qu'il m'a juste fait faire une visite virtuelle à l'aide d'une dynamappe ! Ou qu'il m'a amené dans un ancien rêve, dans une strate archivée ! C'est une chance qu'ils ne se doutent pas qu'il m'a entraîné dans un rêve en cours d'enregistrement ! »

Le gardien-aiguilleur s'empressa de faire diversion ; il enchaîna, comme si de rien n'était, en englobant d'un large geste la cité qui brillait tout en bas, les tours transparentes qui s'élevaient au loin et la voûte céleste où chatoyaient les étoiles multicolores :

— Mon chef t'offre plus que de visiter une simple strate. Ce qu'il te propose, c'est de découvrir le *noyau*, l'endroit où vivent les Oneiros.

Edwin fut si surpris et enchanté qu'il en eut le souffle coupé.

— Je vois que tu es intéressé, dit le grand-sagesonge. Bien. Hum, je vais appeler la personne qui va te guider.

Les trois dirigeants se regardèrent en silence. À voir leur air concentré, Chape Doëgne comprit leurs intentions. Il entraîna Edwin à l'écart.

— Viens par là. Ils ont des choses à régler en privé.

3
Les acolytes

L'ange et son protégé marchèrent jusqu'à l'escalier central et s'arrêtèrent au bas des marches. Le sortilégeois battit des ailes et un banc apparut. Ils prirent place. Edwin étira le cou pour observer les sagesonges et fut surpris par leur attitude : ils gesticulaient et hochaient la tête, mais sans parler.

— Que font-ils ?

— Ils discutent.

— Mais… ils ne bougent pas les lèvres !

— Ils communiquent par transmission de pensées.

— Ils sont télépathes ? C'est génial ! Ça doit être tellement mieux qu'avec des radios !

Dame Sévira, mécontente, venait de demander mentalement aux autres :

— Pourquoi avez-vous passé un acte aussi grave sous silence ?

Gentille Mambonne transmit sa réponse :

— Parce qu'il ne faut rien faire qui puisse affecter la conscience d'Edwin. Nous aurons bien le temps d'y revenir plus tard. Maintenant, il y a un tout autre point qui me tracasse : ne croyez-vous pas qu'il serait préférable qu'Edwin et son guide aient des accompagnateurs, au cas où les maldors reviendraient à la charge ?

Le grand-sagesonge répondit par télépathie :

— C'était justement ce qui me tracassait et ton idée est excellente. Pourrais-tu sélectionner des Oneiros qui sauront bien protéger le damoiseau ?

Sans ouvrir le bec, la tortue répondit :

— Rien de plus simple ! Hum… qui vais-je désigner ? Ah ! Je sais !

Quand l'horloge capta la décision de sa consœur, elle en perdit ses balanciers qui chutèrent au fond de son coffre :

— Bang ! Gong ! Eux ? répliqua-t-elle en pensée. C'était si simple de choisir que le résultat est simplet… Tu n'aurais pas pu trouver pire escorte !

Son chef la réprimanda par télépathie :

— Tu exagères, Lavisée. Si Gentille les a nommés, c'est qu'elle a de bonnes raisons pour ça. Je suis sûr qu'ils vont bien veiller sur lui.

La tortue sourit à l'horloge, tout en transmettant à son chef :

— Je communique tout de suite avec ta sœur, qu'elle veille à ce qu'ils soient dégagés de leurs fonctions ; je vais aussi lui demander de les accompagner ici.

L'horloge se moqua :

— Bong ! Parce que, seuls, ils risqueraient de se perdre…

— Ça suffit, ces transmissions négatives ! riposta l'éléon.

Bien entendu, Edwin n'avait rien perçu de ces échanges silencieux, à part le bruit provoqué par la chute des balanciers. Il fut étonné de voir tout à coup l'horloge se réparer elle-même. Un ressort sortit d'une petite porte de côté, se déroula jusqu'aux pièces tombées et les raccrocha.

Admiratif devant Carus Philein, Edwin se dit qu'il faisait montre d'une grande vigueur et de beaucoup de volonté pour un être d'un âge aussi vénérable. Il demanda à son gardien :

— Le grand-sagesonge est-il nommé à vie, comme chez nous le souverain pontife, les reines, les rois et certains chefs d'États ?

— En principe, oui. Nos dirigeants peuvent rester en poste jusqu'à la fin. Mais, en pratique, ils ne le font pas. Ils sont trop sages pour s'accrocher obstinément au pouvoir. Dès qu'ils sentent qu'ils manquent de sagesse, de dynamisme ou d'autorité, ils abdiquent. Le peuple élit alors le successeur, en général un des conseillers.

— Oh… Une des vice-sagesonges va donc bientôt prendre la place du sieur Philein ?

Il frissonna en imaginant la dure horloge à la tête du pays des rêves et il souhaita intérieurement que les Oneiros choisissent l'aimable tortue. Chape Doëgne s'étonna :

— D'où te vient l'idée saugrenue que notre chef va nous quitter ?

— C'est qu'il a l'air très… euh… vieux… Comme dans les quatre-vingt-dix ans ou plus. Non ?

— Tu crois qu'il est nonagénaire ? dit l'ange en fronçant les sourcils pour cacher son amusement.

Même s'il était persuadé que le grand-sagesonge avait plus de cent ans, Edwin eut le sentiment qu'il venait de dire une grosse sottise. Craignant d'avoir insulté les Oneiros, il tenta de se rattraper :

— Eh bien… pas tant que ça, en fait… mais, ce que je voulais dire, c'est que… euh…

Chape Doëgne pouffa et ses ailes se balancèrent au rythme de ses épaules. Edwin fut décontenancé par sa réaction. Pour ne pas prolonger son embarras, son gardien lui dit :

— N'as-tu pas compris que tout dans notre monde, incluant notre âge, est différent de chez toi ?

Il expliqua que les Oneiros vieillissaient à la même vitesse que les humains jusqu'à l'âge de vingt ans, mais que par la suite leur sénescence, c'est-à-dire leur vieillissement, était sept fois plus lente. Ainsi, les habitants de la Zone vivaient très longtemps.

Pour s'assurer que le garçon avait compris, l'ange lui demanda de deviner son âge. Pour ne pas risquer de l'offusquer, Edwin réfléchit bien : « Il semble avoir un peu moins de trente ans, mettons vingt-cinq. Ça fait donc vingt plus cinq fois sept… »

— Vous devez avoir aux alentours de… cinquante-cinq ans ?

— Quelle courtoisie ! En fait, j'en ai quatre-vingt-dix-huit.

Tandis qu'Edwin restait muet d'étonnement, le sieur Doëgne lui annonça que le grand-sagesonge qui semblait avoir cent ans était presque six fois centenaire.

— Six? Ai-je bien compris? Le sieur Philein vit depuis six cents ans?

— Cinq cent quatre-vingt-quatorze, pour être précis. Et, sois rassuré: malgré tous ces siècles derrière lui, il nous gouvernera encore pendant plusieurs dizaines d'années.

— Ça alors! Les vice-sagesonges sont-elles aussi âgées?

— Pas tout à fait. Si je me souviens bien, Gentille Mambonne a depuis peu passé le cap des cinq centaines tandis que Lavisée Sévira doit avoir…

— Bong! retentit le carillon de l'horloge.

Edwin sursauta et l'ange s'interrompit. Ils se tournèrent vers les trônes et virent la vice-sagesonge d'ébène pointer un balancier vers le portail, que venait de franchir une jeune fille.

— Coucou, parrain! lança la nouvelle venue. Salut dames Mambonne et Sévira!

Elle dévala l'escalier sans voir Edwin et l'ange, courut jusqu'aux trônes et enlaça le sieur Philein, qui lui sourit.

— Bonjour, ma chérie. J'aimerais te présenter quelqu'un qui va nous aider à identifier ceux qui détruisent nos étoiles et terrorisent les rêveurs. Il est ici, avec son gardien.

La jeune fille se retourna et remarqua la présence de l'adolescent et du sortilégeois.

— Oh… pardon. Bonjour, Chape! Salutations damoiseau!

En utilisant la transmission de pensées qui était plus rapide que la parole, le grand-sagesonge annonça à la damoiselle que ce garçon, qui comme bien d'autres avait été attaqué par les rebelles, était le seul qui se rappelait ses rêves. Il lui résuma les cauchemars d'Edwin, ainsi que le récent assaut des maldors dont le choc l'empêchait pour l'instant d'accéder à ses souvenirs.

— J'aimerais que tu lui fasses voir la capitale, dit-il enfin à haute voix. Ça lui fera passer le temps d'agréable façon d'ici à ce qu'il se réveille.

Elle hocha la tête et tendit la main au garçon :

— Jeune Robi, je suis enchantée de te rencontrer et te remercie d'avance pour ton aide. Je m'appelle Aix Nocturn et c'est avec plaisir que je vais te servir de guide.

Il la considéra avec admiration. Elle paraissait avoir le même âge que lui et semblait déjà très sage. Elle avait des cheveux bruns courts et lisses et d'étonnants yeux vairons, l'un bleu comme la haute mer, l'autre vert comme le jade. Lorsqu'il entendit la tortue toussoter, le garçon prit conscience de son silence et réalisa qu'il serrait toujours la main de la fille. Ses joues devinrent aussi rouges que ses yeux.

— Je suis très heureux de faire ta connaissance, Aix. Merci d'avoir accepté de m'accompagner. J'ai hâte de découvrir les beautés de ton monde !

Ils se sourirent.

— Il me tarde de te les faire voir. Allez, on y va ?

— Attendez ! les retint Carus Philein. Les vice-sagesonges et moi avons trouvé plus prudent de vous faire escorter. Cela incitera les maldors à se tenir loin.

— Par précaution, ajouta l'ange, je vais tout de même t'apprendre l'astuce du réveil instantané. Ainsi, en cas de besoin, tu pourras toujours t'échapper d'une mauvaise situation en te réveillant. Voilà : si tu fermes tes paupières très fort et que tu les rouvres brusquement, tu bondiras aussitôt de réveil.

— D'accord. Merci, sieur Doëgne !

— Bien, me voilà rassuré. Je dois partir. Edwin, je te laisse en bonne compagnie.

— Tu ne nous accompagnes pas, sieur Doëgne ? demanda la damoiselle.

— Malheureusement, non. Mes aiguilleurs m'ont indiqué qu'il y avait de nombreux rêveurs à aider. Commencez la visite sans moi, je vous rejoindrai plus tard.

Il s'envola et atteignit le podium central en trois battements d'ailes. Il franchit les battants de cuivre et ne réapparut pas de l'autre côté du portail plat.

Aix demanda à son parrain qui étaient ces compagnons qu'ils attendaient.

— Il s'agit de deux valeureux Oneiros. Ils…

— Bong! Valeureux? Dong!

— Lavisée, ça suffit! Ils devraient arriver d'un instant à l'autre, ajouta le patriarche à l'attention de sa filleule. Ma jumelle est allée les chercher.

— Bing! Silika se fait désirer!

— Ce n'est pourtant pas dans ses habitudes de tarder, nasilla la tortue.

La réaction de l'activinertienne avait éveillé les soupçons d'Aix et ce fut avec plus de curiosité que d'entrain qu'elle dit:

— J'ai hâte de savoir qui seront nos acolytes.

Comme elle terminait sa phrase, les grandes portes centrales s'ouvrirent et dans l'embrasure apparut une très vieille dame dont l'air juvénile contrastait avec sa chevelure blanche remontée en chignon. Elle portait une jupe prolongée par une bavette à bretelles et était accompagnée d'un chien au pelage fauve. D'un pas alerte, elle descendit l'escalier. Le chien dévala les marches et se mit à gambader de tous côtés. Un gros ballon de plage multicolore mal gonflé franchit à son tour le portail. Il heurta le cadre, débula les marches et s'arrêta aux côtés de la dame en faisant ploc! À la vue des deux derniers arrivants, Aix secoua la tête de déception.

— Veuillez pardonner mon retard, s'excusa l'éléone âgée en trottant vers les trônes.

Le ballon roula sans hâte à sa suite, mais le chien ne se préoccupa pas d'elle et continua de cabrioler en contournant les vitraux du plancher. Le grand-sagesonge vint à la rencontre de sa sœur.

— Chère Silika! dit-il en lui tendant les mains. Tu n'as pas eu trop de difficultés?

— Un peu, en effet. J'ai eu du mal à persuader Nada Vidal de libérer cette préposée.

— Bong! Cet épouvantail métallique est le plus borné de tous les gardiens. Pourquoi faire du chichi pour une absence qu'il ne remarquera même pas?

— Heureusement que le chef du Secteur-Rien n'est pas aussi têtu que toi, dit la tortue à l'horloge sur le ton de la taquinerie, sinon Silika n'aurait jamais réussi à le convaincre…

Avant que sa consœur ne réplique, dame Mambonne battit des nageoires pour signifier au ballon de se presser et au chien de venir. Le premier roula plus vite, mais l'autre continua sa promenade avec nonchalance.

— Edwin, dit le grand-sagesonge, je te présente ma jumelle Silika. Elle dirige le Secteur-Quartz. C'est donc une collègue de ton gardien.

Alors que l'adolescent serrait la main de la vieille dame, une question lui vint :

— J'ai entendu parler des secteurs Uni, Rien et Quartz. Y en a-t-il d'autres ?

— Oui, répondit dame Philein. Il y en a vingt-six en tout. Du Secteur-Abysse au Secteur-Zénith, chacun compte trois mille observatoires, lesquels sont sous la direction d'une Bulle. Bulle-Abysse dirige, par exemple, les observatoires A-0001 à A-3000, et il en va de même pour le Secteur-Bleu, le Secteur-Citron, et ainsi de suite.

— Hum… bien, dit son frère. Mais laissons tomber ces détails techniques. Voudrais-tu présenter les nouveaux venus ?

— Avec joie. Damoiselle Aix et surtout damoiseau Edwin, je vous présente Ardor Kerber et Peccadille Bagatelle. Le sieur Kerber travaille dans mon secteur; c'est un des dix aiguilleurs de l'observatoire Q-3000. Quant à dame Bagatelle, aussi aiguilleuse, elle est rattachée à l'observatoire R-1313 du Secteur-Rien.

En entendant son nom, le chien enjoué se décida à rejoindre le groupe. La langue pendante, il se dirigea vers Aix, mais celle-ci se plaça derrière Edwin de manière à ce que l'animal le salue d'abord. Il se dressa sur ses pattes arrière, déposa celles de devant sur la poitrine de l'adolescent et jappa:

— Ouah! Jeune Robi, je suis content de te rencontrer!

Le garçon se pencha vers lui et, en guise de poignée de main, Ardor lui lécha la figure à grands coups de langue humides.

— Pouah! C'est dégoûtant! dit le garçon en le repoussant.

— Désolé! C'est ainsi que je socialise, se justifia l'aiguilleur.

Aix caressa son museau, fronça les sourcils et lui dit:

— Ta réputation te précède, sieur Kerber… Je suis surprise de faire équipe avec toi.

Le chien tomba sur le dos et se roula en se marrant. Quand il se releva, il leva une patte et dit:

— Damoiselle, je suis le premier étonné d'avoir été choisi, mais je promets de faire de mon mieux pour vous protéger!

Il s'esclaffa de nouveau et se mit à sautiller autour des trônes. Dépitée, Aix le regarda en secouant la tête. Edwin observa cet Ardor Kerber avec intérêt. Il s'agissait d'un chien de race boxer dont la robe était rousse. Son museau ainsi que le pourtour de ses yeux étaient noirs, tandis que son poitrail et le bout de ses pattes étaient blancs. Sous sa truffe s'affichait une tache rose en forme de huit qui descendait jusqu'à ses babines. Sa courte queue frétillait si fort que son derrière se trémoussait. «J'adore les chiens et celui-ci est très attachant, se dit Edwin, mais, pour un aiguilleur, je trouve qu'il n'est pas sérieux... » Sa petite voix le rappela à l'ordre : « L'habit ne fait pas le moine ! »

Dame Bagatelle personnifiait quand à elle un ballon aussi haut qu'Aix, qui arrivait donc à la poitrine d'Edwin. Sa texture bigarrée faisait penser à un mélange de pâtes à modeler de différentes couleurs. Avec sa forme affaissée et ses bosselures qui la faisaient rouler par à-coups, elle avait tout du jouet de plage abandonné par les estivants.

— Hum, hum ! fit le grand-sagesonge en la fixant.

Comprenant que son tour était arrivé, l'aiguilleuse roula en zigzaguant vers Aix et Edwin, fit un petit bond et les percuta avec mollesse sur le front.

— Damoiseaux, dit-elle d'une voix endormie, c'est une joie pour moi de me joindre à vous.

— Je suis... euh... commença Edwin prudemment.

— ... ébahie de faire équipe avec quelqu'un qui a un tel renom, termina Aix sans élan.

— Tout le plaisir est pour moi, répondit le gros ballon avec nonchalance.

— Je ne te contredis pas, dit Aix.

Les présentations ainsi faites, la sœur du grand-sagesonge prit congé. Quand dame Philein eut franchi le portail, Aix jeta un regard incertain à la tortue, qui comprit qu'il était temps de justifier son choix.

— Sachez que sous l'allure puérile d'Ardor Kerber se cache un excellent tacticien. Je peux vous assurer que mon compatriote est en fait le meilleur guerrier qu'on puisse trouver dans la Zone.

— Bong? fit l'horloge avec étonnement.

Le chien bondit aux côtés du ballon et lui donna un coup de postérieur moqueur en disant:

— As-tu entendu, Pec? Je suis un grand tacticien et le meilleur guerrier! Ouah! Ça doit être à cause de cette tactique que j'ai inventée... L'aimes-tu? C'est pour faire la guerre à l'ennui.

Il écarquilla les yeux et fit rebondir ses sourcils, tout en battant des oreilles comme s'il s'agissait d'ailes. Peccadille Bagatelle eut l'air de s'étrangler de rire : elle lança trois éclats stridents, reprit son souffle en émettant un bruit de freinage, et recommença. À chaque inspiration, elle reprenait plus d'air que ce qu'elle avait laissé échapper, de sorte qu'elle se mit à gonfler et à gonfler.

— Ma tactique fonctionne ! Je suis le guerrier le plus fort ! Ouah ! Ouah ! se bidonna le chien.

Aix n'en revenait pas. Elle connaissait la réputation du sieur Kerber, mais celle-ci était loin de lui reconnaître un quelconque sens tactique ; elle n'avait même aucun rapport avec la guerre. Si ce végimal excellait en quelque chose, c'était dans les enfantillages. C'était le plus désinvolte des aiguilleurs, le personnage dynamique qu'on était ravi de voir arriver dans une fête, mais c'était surtout l'être enquiquinant qu'on était embêté de voir se pointer dans une réunion.

— Comme son confrère, poursuivit dame Mambonne, Peccadille Bagatelle est une aiguilleuse tout aussi vaillante et elle est pleine de stratégies.

— Vaillante ? s'étonna Aix. Elle n'a même pas fait l'effort de se choisir une apparence…

— Bing! fit l'horloge. C'est exactement ce à quoi je pensais. Et s'il est vrai qu'elle est pleine, ce n'est sûrement pas de stratégies…

Le ballon se dégonfla aussitôt. Devant l'air surpris d'Edwin, Aix lui chuchota à l'oreille :

— Tous les activinertiens naissent avec la forme d'une balle colorée. Ils se métamorphosent en objet dès leur premier souffle et changent ensuite chaque jour d'apparence jusqu'à leur puberté, où ils adoptent la forme permanente qu'ils afficheront par défaut. Peccadille, elle, a toujours conservé cet aspect de boule multicolore.

L'aiguilleuse jouissait d'une réputation peu enviable, car elle était extrêmement distraite. Là où le sieur Kerber se surpassait en bêtises, elle battait les records de balourdises. Elle était aussi bienvenue dans une maison qu'un éléphant dans un magasin de porcelaine. Il lui arrivait souvent, comme elle venait de le faire, de s'esclaffer pour un rien en se gonflant à chaque éclat, oublieuse de son volume, si bien qu'elle faisait chaque fois éclater tout ce qui se trouvait autour. Les Oneiros n'avaient bien sûr qu'à claquer des doigts pour tout restaurer ; n'empêche, la plupart préféraient la tenir à distance.

— Gong ! Gentille, éclata dame Sévira, tu avais le choix entre des centaines de milliers d'aiguilleurs et tu as choisi ceux-là plutôt que de sélectionner des accompagnateurs adroits et fiables. N'as-tu jamais entendu parler d'eux ? Ce sont des bons à rien ! Que vont-ils pouvoir faire en cas de problème ? Rien !

— Lavisée ! répliqua son chef avec autorité. Ce que tu dis là est méchant et irrespectueux !

Le chien avait rabattu ses oreilles vers l'arrière et courbait l'échine devant la vice-sagesonge d'ébène comme s'il s'attendait à être frappé et la grosse balle s'était dégonflée en tressaillant et en râlant comme si les balanciers de l'horloge étaient des épées qui l'auraient transpercée. En voyant à quel point elle les avait terrorisés et blessés, Lavisée Sévira ressentit un pincement au ressort et regretta d'avoir été aussi acerbe. Elle fit entendre un tic-tac gêné et dit avec moins de rigidité :

— Bing ! Ma seule préoccupation est la sécurité d'Aix et d'Edwin. Sans vouloir vous manquer de respect, je vous engage à admettre qu'il est surprenant que ce soit à vous que Gentille confie leur garde, non ?

— Tu as raison, dame Sévira, souffla Peccadille Bagatelle dans un long soupir.

— Je suis aussi de ton avis, Lavisée, gémit l'autre en se couchant, la tête entre les pattes.

Edwin trouva qu'ils faisaient vraiment pitié. Troublé, il détourna la tête.

— Et moi, je ne suis pas d'accord! s'objecta la tortue. Je le redis: dame Bagatelle est un fin stratège et le sieur Kerber est un excellent tacticien!

En entendant de quels termes la vice-sagesonge les qualifiait à nouveau, les aiguilleurs se jetèrent des regards étonnés.

— Je ne me connaissais pas cette vertu, transmit par télépathie Ardor à Peccadille.

— Moi non plus… répondit-elle.

Dame Mambonne poursuivit:

— Rappelez-vous la grande fête foraine du Secteur-Gris, en 1918…

Le souvenir de leurs exploits redonna confiance aux deux personnages. Le ballon s'épanouit et le chien gonfla son poitrail. La tortue continua:

— Oui, rappelez-vous: dame Bagatelle a gagné tous les concours de métamorphose et le sieur Kerber a remporté toutes les courses!

L'horloge était perplexe. Si sa consœur paraissait convaincue de son bon choix et que leur chef ne semblait pas s'en soucier, pour sa part elle se demandait ce que valaient des concours de foire pour justifier la désignation de ces deux bouffons comme protecteurs des damoiseaux. Aix partageait son avis.

Le grand-sagesonge ressentit l'anxiété de sa filleule et de sa consœur.

— Si Gentille a désigné nos deux amis, dit-il, c'est suite à une mûre réflexion. Je ne suis pas inquiet; ces valeureux aiguilleurs sauront bien encadrer les damoiseaux.

— Tout à fait, dit la tortue. Peccadille, ta mission sera de les protéger contre d'éventuels assauts ennemis. Quant à toi, Ardor, ton rôle sera d'écarter tout adversaire de leur route.

Le ballon rebondit pour acquiescer. Le chien se mit à courir autour des trônes en jappant:

— Ouah! Ouah! Les maldors n'auront qu'à se tenir à l'écart! Ouah!

Aix soupira. Elle allait devoir supporter leur présence et Edwin devrait s'en remettre à eux pour sa sécurité. Dame Sévira ralentit son double tic-tac, tout en l'intensifiant pour qu'il devienne lugubre comme un glas annonçant l'agonie d'un fidèle. Elle éleva ses balanciers et en pointa un sur chaque aiguilleur.

— Sieur Kerber, j'espère que tu pourras démontrer tes supposées capacités tactiques plutôt que de renforcer ta réputation de badin. Quant à toi, dame Bagatelle, tâche de prouver tes aptitudes de stratège et évite donc tes célèbres maladresses, pour un temps. Et, par pitié, ne fais pas trop honte à notre lignée…

— Je vais faire de mon mieux, Lavisée, jappa le chien.

La grosse sphère se veina de rouge, de rose et de vermeil ; elle bredouilla :

— J'y veillerai, dame Sévira. J'essaierai d'être à la hauteur de... à la bonne hauteur, quoi...

— Amis, dit Carus Philein aux aiguilleurs et aux damoiseaux, vous pouvez maintenant y aller. J'ai promis cette visite du noyau à Edwin il y a déjà un moment et il a été bien patient d'attendre jusqu'à maintenant. Cette excursion vous donnera l'occasion de faire plus ample connaissance, elle permettra à notre jeune ami de se familiariser avec notre monde et surtout elle l'aidera à se détendre pour avoir les idées claires à son réveil.

— Youppie ! Allons-y ! lança Ardor.

— Attendez ! intervint Aix par télépathie. Si le damoiseau doit préserver ses souvenirs jusqu'après son réveil, ne vaudrait-il pas mieux qu'il soit muni d'une sphériole ?

— Très juste, transmit le grand-sagesonge. Je vais demander à son gardien de lui en fournir une quand il ira vous rejoindre. Mais ne l'attendez pas pour commencer la visite.

Le garçon, qui n'avait rien entendu, se réjouit quand le vieillard translucide ajouta à haute voix :

— Profitez donc bien de la balade, tout en demeurant prudents.

« Enfin ! » se dit Edwin.

Le sieur Kerber s'élança vers le portail, dame Bagatelle roulant mollement derrière lui. Aix les regarda s'éloigner en hochant la tête de dépit. Elle prit Edwin par le bras et l'entraîna.

— Heureusement que je suis là ! Viens, jeune Robi, je vais te faire voir la capitale.

Edwin était enchanté à l'idée de cette promenade en compagnie de la jeune fille qu'il trouvait très sympathique, du chien qui non seulement était gentil, mais qui savait parler et qui avait un solide sens de l'humour, et de cet étrange ballon vivant si attachant. Il lui tardait de voir le noyau de plus près. Convaincu qu'il allait bien s'amuser, il se permit d'oublier les maldors.

4
Zoneira

Quand ils arrivèrent au palier central, Aix suivit les aiguilleurs qui l'avaient déjà contourné.
Edwin indiqua la porte de bronze :

— La sortie n'est pas ici ?

— Cette façade, que nous appelons côté
cour, mène au hall de la fontaine. Comme
c'est au jardin que nous voulons aller, il faut
prendre le verso, le côté jardin qui donne sur
un autre vestibule, lequel, tu l'auras compris,
permet d'accéder au jardin.

Elle le conduisit de l'autre côté du portail
plat où les panneaux étaient recouverts de bois
de rose. Le chien et le ballon avaient déjà gravi
les marches et passé les battants rouge pâle.
Aix et Edwin les suivirent. Ils se retrouvèrent
dans une antichambre de mêmes dimensions
que l'autre, mais très simple ; entre ses murs,
son plafond et son plancher de verre givré ne

se trouvaient que deux jarres vides grosses comme des lave-linge, l'une blanche et l'autre noire, flanquées de chaque côté d'un escalier.

Aix commença à descendre. Edwin eut un vertige en mettant le pied sur le bord de l'escalier transparent, lequel se prolongeait si bas que sa série de marches sans palier semblait interminable. Peccadille et Ardor n'étaient plus que des silhouettes imprécises et ils s'éloignaient toujours. Aix se retourna et perçut le malaise du garçon.

— Si tu préfères, nous pouvons emprunter un passonge. Mais il y a certaines tours encore plus élevées que tu ne pourras pas visiter. Ce serait dommage. Elles sont vraiment spéciales !

— Non, ça va aller. Il faut juste que je m'habitue à la transparence.

Quand ils arrivèrent enfin au rez-de-jardin, deux grandes portes de pin blond s'ouvrirent d'elles-mêmes pour les laisser passer. Ils sortirent et se retrouvèrent sur un espace gravillonné d'où partaient plusieurs larges chemins. Ardor et Peccadille avaient pris celui d'en face. De part et d'autre des sentiers s'étalaient de petits jardins de tous les styles, délimités par des clôtures basses et séparés les uns des autres par d'étroites allées.

À gauche se trouvait un aménagement français où des platebandes de bégonias et des massifs de rhododendrons s'alignaient harmonieusement autour d'un bain d'oiseaux. Sur leur droite s'étalait un jardin à l'anglaise où des fleurs de toutes les variétés s'entremêlaient comme si elles avaient été semées par le vent. Ardor avait dépassé ce lot qui imitait la nature et était entré dans un verger. Nez au sol, il trottait entre les pommiers, cerisiers et manguiers. Peccadille se trouvait au-delà du carré géométrique. Elle roulait lentement sur un parterre de sable où s'élevaient sept menhirs autour d'un banc de pierre, un endroit paisible qui incitait à la méditation.

— Ces jardins sont magnifiques ! dit Edwin.

— Merci. Nous sommes au centre du noyau, au cœur de la capitale, Zoneira, et ce sommet est le plus élevé de la Zone onirique. Gagnons le belvédère. Il offre un joli point de vue sur la cité.

Aix l'entraîna dans l'allée. Ils dépassèrent les jardins où musardaient les aiguilleurs, passèrent une roseraie et un potager, sortirent de l'enceinte jardinière et se retrouvèrent sur une vaste esplanade. La place publique était aussi bondée qu'un boulevard à l'heure de pointe. Aix le tira à travers la foule, si vite qu'il n'eut le temps de rien remarquer. Sinon il aurait vu que les piétons n'étaient pas des humains, mais des Oneiros affichant une diversité d'apparences, de formes et de coloris. Passé la cohue, ils atteignirent une rambarde qui surplombait une pente raide. Ils étaient si haut qu'ils pouvaient voir à mille kilomètres à la ronde. Edwin eut l'impression qu'il observait le monde à partir d'un avion par un jour sans brume ni nuage. Et ce qu'il vit lui coupa le souffle.

Comme la terre, Zoneira comptait son lot de centres urbains et de sites naturels, mais ceux du pays des rêves ne ressemblaient en rien à ce qu'Edwin avait déjà vu. Les agglomérations disparates et les paysages variés formaient des regroupements des plus hétéroclites. Dans les bourgades oniriques, différents styles architecturaux se côtoyaient, allant de la case en bambou au gratte-ciel, en passant par tous les genres. Autour des habitations, la nature offrait aussi un mélange de décors discordants. Des champs cultivés, des déserts de sable et des forêts aux arbres gigantesques s'étendaient entre de hauts pics enneigés, des gorges arides et des montagnes de verdure. Tout ce panorama était parsemé de lacs, de chutes, de rivières et de fleuves. Au loin s'étalait même un plan d'eau à perte de vue qu'Edwin identifia comme une mer ou un océan.

En se penchant sur le garde-fou, il fut abasourdi de voir un terrain enneigé où s'entassaient quelques igloos habités par des ours blancs, qui côtoyait un lagon d'eau turquoise où nageaient des dauphins. Un petit nuage flottait au-dessus des dômes de glace et laissait tomber ses flocons, tandis qu'à côté le flou dansant de la chaleur à la surface de la lagune indiquait que c'était la canicule. Ayant remarqué une sphère colorée qui faisait l'aller et retour entre le chaud et le froid, Edwin la suivit des yeux; il vit un bébé dauphin et un ourson qui se lançaient le ballon!

Derrière les igloos se trouvait un petit tertre sur lequel se dressait un somptueux manoir victorien entouré de douves et coiffé d'un bel arc-en-ciel, tandis qu'un peu plus loin se creusait un cratère dans lequel était posé un large vaisseau spatial battu par une tempête de sable. Entre les douves et le cratère se creusait un canyon aux parois fleuries, et tout au fond s'élevait un haut gratte-ciel en bois.

Partout où se posaient les yeux d'Edwin, Zoneira présentait une variété de bâtiments que l'on pouvait associer à toutes les cultures, un mélange de paysages représentant n'importe quelle région du globe et un assortiment de climats qui ne correspondaient à aucune époque de l'année en particulier. Le tout était regroupé sans ordre ni logique. C'était féerique !

— Notre continent est entouré par neuf mers et trois océans, dit Aix en pointant l'horizon. Au-delà, il y a d'autres territoires semblables à la capitale, puis encore d'autres étendues d'eau… Le noyau est magnifique et vaudrait la peine d'être visité en entier, sauf que ça prendrait l'éternité.

— Ce que je vois est si envoûtant que j'ai peine à croire que je ne rêve pas ! s'exclama Edwin. Enfin… tu comprends ce que je veux dire…

— Oui ! Et je suis fière que notre monde te plaise.

— Ouah ! Ouah !

En entendant arriver Ardor et Peccadille, Aix soupira et murmura à l'oreille du garçon :

— Zut ! Je croyais les avoir semés, quoique ce soit chose impossible ici. Mais, compte tenu de leur étourderie, je m'étais permis d'espérer…

Edwin qui ne partageait pas son avis accueillit les aiguilleurs en souriant. Heureux, il leva la tête vers le ciel bleu tendre où chatoyaient les sphérioles. Ce fut alors qu'il réalisa qu'il ne faisait plus noir.

— Eh! s'exclama-t-il. Il faisait nuit quand nous étions dans la salle du conseil. Le jour est donc arrivé pendant que nous descendions l'escalier; il se lève drôlement vite, ici! Comment fonctionne votre cycle d'ensoleillement? Et, parlant de soleil… où est-il? Je ne le vois pas.

— Il n'y en a pas, répondit Aix. Les sphérioles font office de soleil et de lune et c'est leur éclat qui nous éclaire. Si dans les strates ce sont les rêveurs qui déterminent le moment où se déroulent leurs songes, dans le noyau ce sont les étoiles qui commandent le temps à leur guise et elles n'ont pas d'horaire prédéfini; la durée du jour et de la nuit varie sans cesse d'un endroit à un autre.

— Comment faites-vous pour bien vous reposer si les journées n'ont pas de durée précise?

— Nous ne ressentons pas le besoin de dormir, expliqua dame Bagatelle d'une voix lente. Quand nous manquons de concentration, nous n'avons qu'à vaquer à une occupation différente pour nous sentir aussitôt frais et dispos.

— Quelle chance! J'aimerais en faire autant; ça me laisserait plus de temps pour mes inventions.

— Mais tu n'aurais jamais appris l'existence de la Zone, déclara le chien.

— C'est vrai! Je retire ce que je viens de dire.

L'attention d'Edwin fut attirée par des édifices transparents à l'horizon qui s'élevaient deux par deux. Chaque couple était composé d'un immense tube dont le sommet disparaissait dans le ciel et d'un bâtiment plus bas en forme de champignon. Le garçon pivota sur lui-même et compta vingt-six de ces duos à la ronde. Il pointa un champignon et demanda s'il s'agissait d'un observatoire comme Bulle-Unie.

— Tout juste! répondit le chien.

— Et ces autres tubes qui s'élèvent à côté, qu'est-ce que c'est?

— Ce sont des *tours de chute*, répondit Aix. T'est-il déjà arrivé de rêver que tu plongeais dans le vide?

— Bien sur!

— C'est un classique. Tous les dormeurs qui tombent ainsi se retrouvent dans une de ces tours. Comme tu peux le voir, elles atteignent la *glume*, ce qui fait d'elles les passonges les plus courts entre la Zone et son *orbite*. Les humains empruntent ces chemins quand leur esprit sombre rapidement dans le sommeil, ou, à l'inverse, quand ils ressentent un urgent besoin de se réveiller.

— J'ai donc dû y aller souvent, confia Edwin. J'adore les sensations que me procure la chute libre.

— Tu n'es pas le seul.

— Damoiseau, regarde !

Dame Bagatelle sautillait sur place. Quand Edwin se retourna, elle se transforma en flèche multicolore, pointa un champignon et dit :

— Voici Bulle-Rien. C'est le poste de mon chef. Je suis assignée au poste 1313 de ce secteur, qui se trouve presque à mi-chemin entre la capitale et l'autre bout de la Zone.

Elle pivota légèrement pour indiquer un autre édifice et ajouta :

— Et voilà Bulle-Unie.

En regardant au pied du champignon vitré, Edwin vit en effet la maison en coquillage et la palmeraie où habitait son gardien. Il se tourna vers le végimal et demanda :

— Et vous, sieur Kerber, où se trouve votre poste ?

À la manière d'un chien de chasse ayant déniché une proie, l'aiguilleur se raidit et pointa un observatoire qui s'élevait devant un astronef amarré à la base d'un volcan en éruption dont la lave, par bonheur, s'écoulait en contournant l'appareil.

— Je travaille au trois millième et dernier poste d'observation du Secteur-Quartz. Ma tour est presque sous nos pattes, donc à l'opposé de celle de la dame Philein.

— Dites-moi, est-elle vraiment la jumelle du grand-sagesonge?

— Mais oui, ce sont même de vrais jumeaux. Pourquoi?

— Parce qu'ils sont loin de se ressembler…

— C'est parce que Silika arbore rarement la transparence innée des gens de notre caste, dit Aix.

— Oui, mais tu devrais la voir au naturel comme son frère, renchérit le chien; on dirait deux gouttes d'eau! Ouah! Ouah! Ouah!

Le ballon ricana et doubla aussitôt de volume. Son confrère redevint sérieux et dit encore:

— Écoute, damoiseau, voudrais-tu me tutoyer et m'appeler par mon prénom?

— Avec grand plaisir, Ardor!

— Moi aussi, dit dame Bagatelle en se calmant; je n'ai pas l'habitude qu'on me vouvoie…

— D'accord, Peccadille. Et, j'y pense, puis-je vous demander de ne plus m'appeler damoiseau? Je n'arrive pas à m'habituer à ce mot. Vous pouvez m'appeler Edwin, ou Eddie, comme vous voulez.

— Bien, Eddie, dit Ardor. Allons maintenant voir de près comment fonctionne une tour de chute.

— De quel droit oses-tu prendre une telle décision ? s'opposa Aix.

— De quel droit ? répéta le chien, médusé. Mais, damoiselle, je n'ai jamais demandé la permission d'aller me promener à personne.

— Mais tu fais dorénavant partie de mon escorte et tu vas faire ce que je te dirai.

— Non. Je suis chargé de veiller à votre sécurité et c'est toi qui vas écouter ton garde du corps.

Blessée dans son amour-propre, Aix rougit. Afin de ne pas l'indisposer davantage devant leur invité, Ardor poursuivit par télépathie et lui transmit :

— N'oublie pas que je suis un aiguilleur et que tu n'es qu'une petite damoiselle !

Aix s'empourpra et répondit mentalement :

— Malgré mon jeune âge, je suis plus sage que toi depuis bien longtemps ! Et ma sagesse me dit qu'il serait préférable d'attendre le sieur Doëgne ici. Il ne faut rien faire qui risque de faire bondir Edwin de réveil avant qu'il ait reçu sa sphériole.

Le chien jappa et répliqua en silence :

— Ta sagesse juvénile est peureuse ! Il n'y a rien de mal à aller se balader. Ta supposée sagesse est aussi sourde ; elle n'a pas entendu Carus nous dire de commencer la visite sans Chape.

Elle serra les dents et se défendit en pensée :

— J'ai entendu ! Mais il ne voulait sûrement pas que nous nous éloignions autant.

L'aiguilleur s'étonna :

— Pourquoi pas ? Chape a l'habitude de se servir d'une dynamappe et il est accrédité pour créer des passonges ; il saura nous trouver, peu importe où nous serons.

Il s'adressa tout haut à Edwin en se détournant d'Aix.

— Allons-y !

Et il bondit jusqu'à un parcmètre qui se trouvait à côté. Le garçon le rejoignit.

— Si j'ai bien compris, ce parcmètre est en fait l'entrée d'un passonge.

— Il est plus que ça, répondit Ardor. Il s'agit d'un *arrêt-passonge*. Un tel transporteur ne représente pas l'accès à un circuit unique, il est relié aux endroits les plus fréquentés. Il n'y a qu'à tourner la poignée de sélection pour choisir une destination et il s'y retrouve instantanément relié.

— C'est pratique !

— Oui, et nous allons l'essayer tout de suite. Suis-moi, Eddie.

Sans se préoccuper de la jeune fille qui fulminait, le chien tourna la poignée de l'arrêt-passonge, plongea dans la fente à monnaie et s'y engouffra. Il fut aussitôt imité par Edwin qui mourait d'envie d'en découvrir davantage.

— Nous ne devons pas nous séparer, dit Peccadille.

Elle avait quitté son apparence de flèche pour redevenir un ballon.

— Allons, damoiselle. Ne tardons pas, ajouta-t-elle en la poussant.

Aix inspira bruyamment et suivit les deux insouciants.

5

Le grand bouleversement de Bulle-Neige

Pendant ce temps, dans un autre secteur, une fillette de neuf ans appelée Urika était seule sur une banquise. L'air glacial sifflait autour d'elle. Mais, avec ses bottes, ses moufles et son épaisse parka de fourrure, elle ne souffrait pas du froid. Originaire de la péninsule d'Ungava, située entre le Labrador et la baie d'Hudson, elle connaissait bien son Grand Nord. Sauf qu'à cet instant elle était perdue et ne comprenait pas pourquoi.

Elle regarda de tous côtés et ne vit personne. Il faut dire que les rafales de neige chassées par le blizzard rendaient la visibilité quasi nulle. La neige lui arrivait à mi-cuisses et, si Urika savait cela, c'était qu'elle le sentait et non qu'elle le voyait. Elle appela son père, mais le vent lui retourna aussitôt l'écho de sa propre voix.

Avec peine, elle leva un genou, puis l'autre, et fit quelques pas. C'était exténuant! Elle regretta de ne pas avoir ses raquettes; avec leurs larges semelles ajourées, elle aurait pu marcher dans la neige sans s'enfoncer et retrouver sa maison. Mais les raquettes devaient être restées dans l'igloo. Urika n'en était pas sûre. En fait, elle ne se rappelait même pas être sortie de chez elle.

Comme elle se questionnait, le vent cessa, la glace craqua et la banquise s'entrouvrit, dix mètres devant elle. De la crevasse sortit un ours polaire. Urika se crispa. Elle avait une peur viscérale de ces bêtes depuis qu'on lui avait raconté le carnage qu'un ours avait fait au village quand elle était bébé. La crainte que le récit avait déclenché n'était rien comparé à celle qu'engendrait la vue d'un ours d'aussi près! La bête balança sa tête aplatie au bout de son cou mince et se dressa sur ses pattes arrière. Elle était gigantesque; elle faisait plus de quatre fois la grandeur de la fillette.

Urika ne remarqua pas qu'il lui manquait un croc, car sa gueule comptait suffisamment d'autres dents pour accaparer toute son attention. Elle songeait à s'éloigner à reculons quand tout à coup la banquise se rompit. Elle se retrouva piégée avec l'animal sur un radeau de glace. Il grogna méchamment et fut devant elle d'un bond. Il balaya l'air de ses pattes en faisant siffler ses griffes qui lui balafrèrent du coup les deux joues. L'enfant hurla de terreur. L'ours blanc s'empara d'elle et se mit à la lancer et à la rattraper, comme s'il s'agissait d'une balle.

Il en eut bientôt assez de jouer. Il l'écrasa contre le pelage gras de son poitrail et la serra si fort que ses poumons se vidèrent de leur air. Au moment où elle allait perdre connaissance, l'ours la laissa retomber dans la neige. Lorsque la fillette reprit son souffle, l'idée lui vint de plonger à l'eau. Mais l'animal devina ses intentions. Il frappa ses pattes avant ensemble et un cylindre apparut dans sa droite. Une lumière orange en jaillit et frappa Urika, la paralysant illico.

L'ours se mit à la mordiller aux pieds, aux mains, aux oreilles, d'abord faiblement, puis plus fort. Il s'attaqua aux épaules, au tronc, aux genoux. Elle était incapable de hurler ou même d'écarquiller les yeux de terreur; elle ne pouvait plus bouger à cause du faisceau lumineux. Quand Urika fut à bout d'énergie et à nouveau sur le point de perdre conscience, la bête déchira son manteau et ses vêtements d'un coup de dents et passa une raclette sous ses aisselles. La lumière s'éteignit et l'enfant parvint à hurler.

Urika sentit à nouveau des membres vigoureux l'enserrer. Elle recommença à crier et l'étreinte se relâcha. La petite osa ouvrir les yeux. Elle ne vit que du blanc. Elle n'était plus sur la banquise, mais dans un dôme de glace. Elle reconnut alors l'abri rassurant de son igloo. Le visage de son père était penché sur elle. Il l'avait soulevée de son lit et prise dans ses bras.

— C'est fini, ma chérie, dit-il en essuyant ses larmes. Tiens, voici Polly qui veut te faire un câlin.

Il lui tendait sa peluche favorite. Le visage d'Urika se durcit. Elle agrippa l'ourson et, sous le regard médusé de son père, le balança à l'autre bout de la voûte en criant :

— Je ne veux plus jamais voir d'ours ! Même pas Polly !

La énième victime des maldors s'effondra en pleurs.

Edwin sortit du passonge en émergeant d'une clochette suspendue au cou d'un jeune Oneiro qui incarnait un chevreau nain en train de dévorer un cactus sous les yeux émerveillés de sa mère. La tour de chute s'élevait à un demi-kilomètre devant. Elle était énorme. Ardor sauta la clôture délimitant le pré des végimaux et entra dans un jardin botanique. Le garçon le suivit en empruntant un portillon. La jeune fille et le ballon arrivèrent peu après. Aix salua la chèvre et son cabri, puis elle courut rejoindre Edwin, Peccadille zigzaguant à sa suite.

— Ce parc est très joli ! dit Edwin. Sommes-nous loin de la tour du conseil ?

— As-tu remarqué où se trouvait la chaîne de montagnes aux neiges éternelles ? dit Ardor, nous sommes à ses pieds.

Edwin se retourna et dut lever la tête pour voir les hautes crêtes blanches. Au-delà, il entrevit le sommet de Zoneira où s'élevait la tour des sagesonges. Il hocha la tête. Il se situait. Voyant venir Aix en courant, il l'attendit.

— Nous sommes dans le Secteur-Neige, expliqua Ardor. Ce jardin de plantes a été aménagé après qu'une terrible déflagration ait détruit les bâtiments qui se trouvaient ici.

— Une déflagration ? s'étonna le garçon. Je n'imaginais pas qu'il pouvait survenir de telles catastrophes ici !

— C'est en effet si exceptionnel que, quand on mentionne le grand bouleversement, tout le monde ici sait qu'il est question de l'explosion qui a détruit Bulle-Neige.

Aix venait de les rejoindre. En entendant leur conversation, elle s'attrista. Ils étaient arrivés devant une statue représentant un éléon qui tenait une dynamappe dans une main et une horloge-fuseaux dans l'autre. Une inscription était gravée sur le socle : « *Morfroy Deffroy, le grand inventeur* ». Ardor s'assit au pied de la damoiselle. Il rabattit ses oreilles vers l'arrière et pencha la tête. Peccadille s'immobilisa de l'autre côté d'Aix. La jeune fille ferma les yeux et médita.

Après s'être recueillie un moment, elle expliqua à Edwin ce qui s'était passé. Cela fera treize ans l'automne prochain, raconta-t-elle, qu'une puissante explosion avait eu lieu ici, non loin du centre opérationnel de Bulle-Neige. La tour de dame Guipure, la gardienne de ce secteur, avait été fortement secouée et les instruments de son observatoire étaient tombés en panne. On avait aussitôt entrepris de chercher ce qui avait sauté. Et on n'avait pas tardé à trouver : au centre du périmètre touché se trouvait l'atelier de Morfroy Deffroy, complètement pulvérisé.

Le sieur Deffroy était un ingénieux éléon qui avait toujours mis son esprit inventif au service des siens. Au cours des derniers siècles, il avait concocté plusieurs potions, avait inventé le *rayon-attractoir* et l'horloge-fuseaux, avait conçu les dynamappes portables ainsi qu'une autre, immense, pour les sagesonges ; il avait imaginé encore bien d'autres instruments, tous plus sophistiqués les uns que les autres.

Quand les premiers Oneiros étaient arrivés sur les lieux de la catastrophe, ils avaient trouvé le pauvre éléon qui gisait au milieu des débris, blessé à mort. D'une voix faible, Morfroy Deffroy avait réussi à expliquer que des sphérioles s'étaient précipitées sur son atelier. Quand elles s'étaient rejointes, elles avaient dégagé une énergie si intense que ça avait provoqué une énorme explosion.

Il n'était pourtant pas rare que des étoiles descendent se balader à basse altitude; elles se croisaient régulièrement sans que cela pose de problème. Elles se côtoyaient d'ailleurs tout le temps dans le ciel, si proches qu'elles se frôlaient sans cesse, et jamais cela n'avait provoqué la moindre étincelle… Que s'était-il donc passé ce jour-là? Personne ne le comprenait. Mais le résultat était là: tout avait été rasé et, sous la violence du choc, l'inventeur avait été blessé grièvement.

On avait tout tenté pour sauver le pauvre éléon, mais rien n'avait pu le soulager et il s'était mis à délirer; le mal provoqué par ses blessures lui avait fait perdre la raison. Dans une vaine tentative pour se libérer de ses souffrances, il avait plongé dans un passonge, puis dans un autre, et ainsi de suite jusqu'à ce qu'il tombe dans le vide, mettant ainsi fin à ses jours.

Aix essuya ses larmes et ajouta d'une voix presque imperceptible :

— Jamais je ne pourrai oublier cette date fatidique du quatorze septembre ; je suis née pendant l'explosion, à midi tapant. À chacun de mes anniversaires, je ne peux m'empêcher de penser au sieur Deffroy. J'ai l'impression qu'il est avec moi et qu'il guide mes pas.

— Il est une inspiration pour nous tous, dit Peccadille pour la consoler.

— Oui, ajouta Ardor. Comment pourrions-nous l'oublier avec tous ces outils dont il nous a nantis ?

Edwin avait sursauté en entendant Aix mentionner la date.

— C'est terrible... marmonna-t-il. Mais quelle coïncidence !

— Que veux-tu dire ? demanda le ballon.

— Figurez-vous que j'aurai treize ans le quatorze septembre.

— Comme Aix ! Sais-tu à quelle heure tu es né ?

— J'ai lu sur mon extrait de naissance que c'était à huit heures du matin, précisément.

— Quel hasard ! s'exclama Aix. Nous sommes nés en même temps !

— Oui, à quelques heures près.

— Non, pas à quelques heures près, mais vraiment en simultané! Rajoute cinq heures pour l'écart des fuseaux horaires et soustrais-en une pour l'heure avancée d'été et tu obtiendras midi d'après le temps universel, celui que nous utilisons partout dans la Zone.

— J'aurais donc vu le jour au moment de l'explosion? Qu'est-ce que ça implique?

— Rien, le choc n'a pas été ressenti dans ta réalité. Mais ça me fait tout de même chaud au cœur de savoir que j'ai une âme sœur dans l'autre monde!

Ému par cet aveu, Edwin lui sourit avec chaleur. En appuyant sa tête contre la cuisse d'Aix, Ardor bredouilla:

— Je n'aurais pas dû t'emmener ici, damoiselle. Je m'excuse.

— Ça va, mon trouble est passé. Mais ça ne veut pas dire que je te pardonne d'avoir quitté l'esplanade!

Pour détendre l'atmosphère et chasser l'irritation d'Aix, les aiguilleurs se mirent à faire les pitres. Dame Bagatelle se métamorphosa en saucisse colorée et se balança sous le museau du sieur Kerber. Au moment où il allait la happer, elle redevint ballon et la tête du chien s'enfonça dans sa membrane molle. Il feignit la panique et essaya de s'enfuir en zigzaguant. L'aiguilleuse, qui lui enveloppait la tête telle une cagoule sans ouverture pour les yeux se mit à rire et à se gonfler. Plus elle grossissait et plus son collègue disparaissait dans sa masse pâteuse. Empêtré dans ses mouvements, Ardor trébucha et s'enfonça complètement dans le ballon. Peccadille continua de rouler, toujours ricanant, en laissant apparaître tantôt une patte du chien, son museau ou sa courte queue frétillante. Les damoiseaux les suivirent en courant et en riant eux aussi.

Ils sortirent du jardin et arrivèrent au pied de la tour de chute. Edwin fut impressionné par sa taille ; elle était aussi large qu'un avion long-courrier. D'un bond, Ardor jaillit du ballon. Il colla sa truffe contre la cloison vitrée et lança :

— Regardez là-haut ! La tour est occupée.

Un homme tombait dans le vide. Il descendait à une vitesse folle, mais ne semblait pas effrayé ; il souriait. Edwin agita les bras pour attirer son attention.

— Il ne peut pas te voir, dit Aix, la paroi est faite de verre à sens unique. Nous le voyons, mais lui voit le décor qu'il imagine.

Quand l'homme atteignit le fond de la tour, il s'y enfonça et disparut.

— Voilà ! dit Peccadille en rebondissant sur place, il est entré dans le passonge.

— Où est-il allé ? s'enquit Edwin.

— Soit en orbite, soit dans une strate, répondit Aix. C'est difficile à dire, car ces tours sont employées autant pour les chutes de sommeil que pour les bonds de réveil.

— Qui décide si la personne s'endort ou s'éveille?

— Le rêveur, bien entendu!

— Mais c'est un aiguilleur qui l'oriente en tenant compte de son choix, précisa dame Bagatelle.

— Ouah! lança le sieur Kerber. Quelqu'un aurait-il des objections à ce que nous montions?

La question s'adressait à Aix, qui haussa les épaules et dit:

— Nous sommes si loin de l'esplanade, ce n'est pas un peu d'altitude qui va faire la différence…

Fier de sa victoire sur les réticences de la jeune fille, le chien contourna le bâtiment en levant haut ses pattes avant à la manière des chevaux de parade. Edwin était déçu de partir aussi vite. Il faillit rétorquer qu'ils verraient mieux les gens tomber s'ils restaient en bas, mais il se ravisa, se rappelant que tout était différent dans la Zone. «On voit peut-être mieux les chutes d'en haut!» songea-t-il. Pendant qu'il suivait ses amis, il scruta le monument de verre à la recherche d'une porte. Il ne fut pas surpris de ne pas en voir ; ils allaient sûrement emprunter un passonge. Ses acolytes s'arrêtèrent devant une boîte aux lettres.

Ardor prit son élan et bondit dans la trappe à courrier. Les jeunes gens l'imitèrent, suivis du ballon. Edwin émergea du passonge par l'étroite ouverture d'un autre coffre identique et atterrit sur un plancher transparent, face à une boule claire qui flottait dans les airs. La surprise lui fit faire un bond en arrière. En même temps que lui, la boule recula aussi.

— Ouah, ouah ! s'esclaffa l'aiguilleur. La sphériole et toi, vous vous êtes fait peur mutuellement !

« La sphériole ? s'étonna le garçon. Nous sommes donc à la hauteur des étoiles ? » Il regarda autour de lui et vit flotter une multitude de sphères. Transparentes, elles lançaient des reflets aux couleurs de l'arc-en-ciel. Elles lui firent penser à ces bulles qu'il faisait enfant en soufflant dans un anneau préalablement trempé dans de l'eau savonneuse. Il y en avait de différentes tailles ; certaines étaient plus petites que des groseilles, d'autres plus grosses que des citrouilles. « Que c'est beau ! » Edwin admira la sphériole dans laquelle il avait failli enfoncer son nez. Du calibre d'un pamplemousse, elle était diaphane et chatoyante ; elle flottait devant lui sans bouger. Il s'émerveilla :

— Elle ressemble vraiment à une bulle de savon. Elle est si jolie et semble si fragile !

— Il n'y a pourtant rien de plus solide qu'une sphériole, dit Peccadille de sa voix lente.

Le garçon essaya de la toucher, mais elle déguerpit. Il inspecta les alentours. Ils se trouvaient sur un disque de verre traversé en son centre par la tour de chute. La terrasse ainsi déterminée formait une piste si large que vingt voitures auraient pu y circuler côte à côte.

Edwin leva la tête et vit, presque à portée de main, un étrange amas qui couvrait tout le ciel. Il ne s'agissait pas de nuages ; cela ressemblait plus à de l'eau qu'à de la vapeur. Il s'émerveilla. « La glume ! Nous sommes juste sous la glume ! » La fameuse enveloppe entourant la Zone onirique était si près qu'il eut l'impression qu'il pourrait y toucher s'il montait sur un tabouret.

— La glume me fait penser à cette gelée fruitée que je mange parfois au dessert, dit-il. Elle en a la même texture molle et frémissante.

— Vous mangez de la glume ? articula Aix en grimaçant de dégoût.

— Pas de la glume, ricana Edwin. De la gélatine. C'est frais, ce n'est pas mauvais. À part le fait que la glume est incolore, elle y ressemble vraiment.

Il l'admira. Il aurait aimé y tremper le doigt pour savoir si elle avait une saveur de fruit, mais il se rappela qu'il était impossible ici de percevoir les goûts et les odeurs.

— Cette gelée, articula Ardor à la manière d'un éminent conférencier, sépare le noyau de son orbite. Lorsqu'un humain a atteint un intense degré de sommeil et qu'il est prêt à rêver, il s'y enfonce. Un aiguilleur établit alors un passonge reliant la confiture à la strate où se déroulera son songe et il y transfère le rêveur. Personne ne séjourne donc plus de quelques secondes dans cette marmelade. Il faut avoir l'œil vif pour voir les dormeurs.

« Il y a du monde là-dedans ? » s'étonna Edwin. Il vit en effet des taches sombres apparaître à l'intérieur de la glume et se déplacer un court moment avant de disparaître. « Mais oui, lui souffla sa petite voix intérieure, ces formes sont des gens ! » Voilà donc ce qu'ils étaient montés voir ! Edwin plissa les yeux et fut déçu de constater que les dormeurs étaient trop loin pour qu'il puisse les distinguer. La glume devait être très épaisse.

— Je vais te les montrer, dit Peccadille en se transformant en télescope bigarré.

Edwin colla son œil sur l'oculaire de la lunette astronomique. Il découvrit un étrange aquarium où les poissons avaient été remplacés par des gens en pyjama. L'activinertienne zooma rapidement pour se concentrer sur ce qui se trouvait au-delà de la glume. Le garçon eut l'impression d'être agrippé à une caméra qui l'emportait à toute vitesse à travers une nuée d'obstacles. L'enveloppe gélatineuse était vraiment très épaisse. Quand le regard d'Edwin en émergea, il découvrit une myriade de gens qui lévitaient en orbite. « Le cosmos onirique ! » s'émerveilla-t-il. Les dormeurs formaient une étrange Voie lactée où les astres étaient des personnes endormies. Çà et là tournoyaient doucement des spirales de brume blanche entourées de longs bras vaporeux.

— Ce sont des *porches-brume*, dit Peccadille. Quand l'âme d'un humain sombre dans le sommeil, elle accède à l'orbite de la Zone par une de ces portes.

Elle zooma sur une nébuleuse dont l'éclat venait de s'intensifier et Edwin vit apparaître un garçonnet en son centre. L'enfant se joignit un moment à la lente lévitation des dormeurs avant de s'enfoncer dans la glume.

— Son esprit s'est vite montré disposé à rêver, annonça Peccadille.

Elle le suivit trois secondes, jusqu'à ce qu'un petit tourbillon apparaisse devant lui pour l'aspirer et le désagréger.

— Ça y est! dit dame Bagatelle. Un aiguilleur l'a envoyé dans sa strate.

Edwin vit tous les gens prêts à rêver imiter le gamin. Ceux qui entraient dans la glume n'y séjournaient qu'un très court moment; ils étaient vite happés par un de ces remous fugitifs.

— Je fais chaque soir comme eux? dit-il, ravi. C'est sensationnel!

Si Peccadille avait visé légèrement plus à gauche, Edwin et elle auraient vu des porches-brume bien différents, qui avaient perdu leur luminance et arrêté leur valse. Tous les dormeurs qui arrivaient par l'un d'eux voyaient aussitôt leur humeur s'assombrir et, quand une de ces pauvres âmes infectées s'enfonçait dans la glume, le tourbillon qui l'avalait ne pouvait faire autrement que de la propulser dans un cauchemar.

Dans le seul Secteur-Neige, plus de dix millions de dormeurs seraient ainsi touchés cette nuit par la pandémie de mauvais rêves. Et, de ce nombre, certains encore plus malchanceux que d'autres subiraient par-dessus le marché l'assaut des maldors.

6

L'intraférage

— Aimes-tu ta visite, damoiseau ? s'enquit une voix derrière Edwin.

Son gardien venait d'émerger de la boîte aux lettres.

— Sieur Doëgne, enfin ! s'exclama Aix. Maintenant que tu es là, je vais me sentir plus en sécurité.

— Comme si je t'avais fait courir mille dangers, s'offusqua le chien.

— Que s'est-il passé ? s'inquiéta l'ange.

— Rien jusqu'à maintenant, mais qui sait ce qui aurait pu survenir si tu n'étais pas arrivé ! dit Aix.

— C'est vrai, je l'avoue, dit Ardor, l'air moqueur. Edwin qui lorgne la glume avec gourmandise a failli y plonger et s'en empiffrer. Mais, heureusement, tu es arrivé avant qu'il l'ait transformée en gruyère. Je suis vraiment soulagé de te voir, Chape. Ouah ! Ouah !

Edwin et Peccadille se joignirent au rire du chien. Aix se renfrogna. Mais tous se calmèrent quand l'ange annonça avec un sourire :

— Je vais m'assurer qu'il ne dévore pas tout en lui donnant l'occasion de s'approvisionner plutôt en énergie chez nos amies les étoiles.

Edwin admira la nuée de bulles dont l'éclat irisait le ciel onirique. Les sphérioles étaient si belles ! Si le gardien lui offrait à nouveau de lui en donner une, il ne refuserait certainement pas, cette fois. Il se demanda comment il se sentirait après.

— Eddie va *intraférer* une sphériole ! Ouah ! se réjouit Ardor.

— Chut, souffla Aix. Tu vas nuire à sa concentration.

— Intraférer ? répéta le garçon avec curiosité. Qu'est-ce que ça veut dire ?

— Ça veut dire aspirer et engloutir quelque chose.

Soudain inquiet, Edwin déglutit et demanda :

— Je vais devoir avaler une étoile ?

— Oui, mais pas par la bouche comme tu le ferais avec de la nourriture, le rassura son gardien. Intraférer quelque chose signifie l'absorber et l'enfouir dans son cœur. Ce n'est pas douloureux ni dangereux. Tu ne seras pas le premier; des milliers de rêveurs le font chaque nuit. Pour acquérir la maîtrise de leurs songes, ils doivent intraférer une *sphère de puissance* afin de fusionner avec ses propriétés apaisantes et vivifiantes. Une sphériole va donc t'assurer de ne rien oublier.

— Mais je n'ai pas besoin d'une étoile pour ça! Je me souviens toujours de mes rêves.

— Je sais, mais qui sait si cela ne te permettra pas de retenir davantage de détails de tes songes!

L'ange se plaça face au garçon et les autres formèrent un triangle autour d'eux.

— Sache d'abord que nos étoiles sont vivantes, dit le gardien. Chacune est l'âme libérée d'un être qui s'est éteint dans la Zone et qui est né à nouveau sous la forme d'une sphère de puissance. Comme tous les organismes vivants, les étoiles naissent petites et grossissent par la suite. Il y en a donc de différentes tailles; une nouvelle est aussi petite qu'une drupéole de framboise, tandis que les plus anciennes ont la dimension d'une pastèque.

Il replia ses ailes et poursuivit:

— Quand je vais lancer l'appel, la sphériole qui te convient le mieux va y répondre. Lorsqu'elle sera en position, tu la fixeras intensément sans broncher, sans même battre des cils. Ton plus cher désir devra être de l'absorber.

Tes yeux devront résister à son éclat. Ne te laisse déranger par rien, pas même quand tu la verras bouger, et demeure bien concentré jusqu'à ce tu l'aies intraférée. Sois patient; ça prend du temps pour convaincre une sphère de puissance de se remuer car elle et toi devez d'abord vous apprivoiser. Je t'avertis tout de suite : les premières tentatives se soldent toujours par des échecs. Mais nous recommencerons autant de fois qu'il le faudra.

Le gardien balaya du regard l'espace où chatoyaient les sphérioles. À des kilomètres de là, une étoile se détacha de la multitude, fila vers eux et s'immobilisa entre le garçon et lui, à la hauteur de leurs têtes. La bulle était plus grosse qu'une citrouille, mais extrêmement mince. « Quelle puissance peut bien receler une chose aussi délicate ? » se demanda Edwin. Comme si elle voulait lui démontrer ses capacités, la sphère s'éclaira brièvement, mais avec tant d'intensité que des larmes lui montèrent aux yeux. Il parvint toutefois à ne pas ciller.

— Je n'avais encore jamais vu une aussi grosse sphériole répondre à l'appel d'un rêveur… dit l'ange. Pauvre petit, les assauts des maldors doivent t'avoir énormément perturbé. On va faire un premier essai. Arme-toi de patience et ne sois pas déçu quand tu verras la sphère s'éloigner ; c'est tout à fait normal. Je te passe maintenant le flambeau. Vas-y.

Chape Doëgne ferma les yeux. Les siens grand ouverts rivés sur l'étoile, Edwin se concentra de toutes ses forces et de tout son cœur.

Aix et les aiguilleurs observaient la scène avec des yeux aussi écarquillés que ceux d'Edwin. Mais c'était la stupeur qu'ils exprimaient ; ils n'avaient jamais vu de sphérioles de cette taille. Elle était certainement née il y avait fort longtemps.

— Ouah ! Cette sphère doit être bourrée de puissance ! lança Ardor aux deux autres par télépathie.

— Malheureusement oui, répondit l'éléone en pensée. Elle est si volumineuse que je doute qu'Eddie parvienne à l'intraférer...

Le ballon répliqua mentalement :

— Puisque c'est elle qui a répondu à son appel, ce devrait être celle qu'il lui faut, non ?

Le gardien les rappela à l'ordre en silence :

— Chut ! Vous allez causer de l'interférence.

La grosse bulle irisée qui lévitait devant le visage du garçon devint un globe lumineux ; ses teintes arc-en-ciel s'illuminèrent et une lueur vive en jaillit. Les Oneiros retinrent leur souffle, convaincus qu'Edwin détournerait le regard. Les yeux lui brûlèrent, mais son recueillement était si profond qu'il les retint de cligner. Les autres furent impressionnés; c'était toujours à ce moment que les humains flanchaient la première fois.

L'étoile pivota sur elle-même. Les Oneiros furent surpris qu'elle s'anime après si peu de temps. Elle décrivit un cercle lent autour du damoiseau, puis un deuxième en accélérant et d'autres, de plus en plus vite. Les traits figés et les pupilles dilatées par l'attention, Edwin ne broncha pas. Bientôt, la giration de la sphère devint si rapide qu'elle forma un anneau de lumière multicolore autour de lui. Tout se passa alors très vite: le cercle lumineux se mua en spirale et, après deux révolutions, l'étoile fit un crochet et s'engouffra dans sa poitrine.

Edwin chancela. Il eut l'impression qu'un pieu lui avait transpercé le cœur en fauchant toutes ses forces, mais sans douleur. L'ange, qui le soutenait, fit apparaître un siège et dit:

— Je ne doutais pas que tu y arriverais. Mais j'étais loin de penser que tu y parviendrais du premier coup. Je suis très fier de toi, damoiseau!

— Bravo! Tu as été vraiment expéditif! s'exclama Aix en applaudissant.

Le chien et le ballon le félicitèrent, qui en sautillant et en lançant des jappements enjoués, qui en rebondissant et en couinant de gaieté.

— Je me sens faible et tout mou, murmura Edwin. Comme si j'étais une boule d'ouate…

— C'est normal, dit Aix. Intraférer une sphériole n'est pas une mince tâche et celle que ton esprit a attirée était loin d'être insignifiante.

— Mais la fatigue n'est que passagère, ajouta le sieur Doëgne.

Edwin sentit effectivement ses forces revenir. Son cœur demeura léger et son corps détendu, mais son esprit s'aviva. Ses pensées revinrent à la bulle et il s'inquiéta :

— Où est-elle ? Elle m'a frappé si fort… J'espère qu'elle n'a pas éclaté !

— L'intraférage ne peut pas détruire une sphère de puissance, lui assura Chape Doëgne. Elle est maintenant dans ton cœur et n'en ressortira qu'à ton réveil. Grâce à elle, il n'y a plus de risque que ton âme souffre de confusion et que les rêves échappent à ta volonté. Si tu allais maintenant dans une strate, tu pourrais en choisir le décor, les personnages ainsi que le déroulement de ton rêve, et il te serait même possible de modifier ta propre apparence. Mais ce n'est pas le but à atteindre ici. Ce qui nous intéresse, c'est que tu te rappelles ce que tu as appris concernant nos dynasties et nos signes distinctifs, afin qu'à ton réveil tu puisses réfléchir aux caractéristiques des maldors.

« Je possédais déjà ces facultés avant d'avoir intraféré l'étoile, se dit Edwin, mais je dois admettre que je ne me suis jamais senti aussi fort ! » Il ne percevait pas la sphériole en lui, mais cette nouvelle vivacité lui prouvait sa présence. Il fut persuadé qu'il avait acquis d'autres facultés. Il demanda lesquelles.

— Ce sera à toi de le découvrir, répondit le sieur Doëgne.

Edwin était plein d'énergie. Trop plein. Il fallait qu'il en dépense. Il battit l'air des bras en sautillant sur place à la manière d'un sportif qui réchauffe ses muscles avant l'effort.

— La mémoire te serait-elle déjà revenue, par hasard ? demanda le gardien avec espoir.

Le garçon ferma les yeux et fouilla ses souvenirs.

— Non. Seul le dernier assaut des maldors me revient en tête, mais je ne trouve toujours rien concernant leurs marques.

— Je m'en doutais. Il va falloir attendre que tu te réveilles.

Malgré son amnésie, Edwin se sentait tout-puissant. Il eut envie de tester sa sphériole. « D'abord mon apparence ! » se dit-il. Soucieux d'honorer ses compagnons, il se métamorphosa en s'inspirant de leur image. Une simple pensée fit qu'il se retrouva avec des cheveux aussi foncés que ceux d'Aix, des ailes grandes comme celles du gardien, mais couvertes de poils roux comme ceux d'Ardor, et une tunique aussi colorée que Peccadille à la place de ses jeans et de son polo.

«Voyons maintenant mes pouvoirs.» Il leva le bras et s'envola comme Superman. «Hé! Je n'avais jamais volé aussi vite!» s'extasia-t-il. Les sphérioles s'écartaient sur son passage et il avait l'impression d'être dans une mer de bulles d'air. En filant comme un avion à réaction, il décrivit un large cercle autour de la tour de chute. L'éléone applaudit sa performance, le végimal courut derrière lui en jappant et l'activinertienne se gonfla d'allégresse. Edwin se sentait invincible. Et tellement heureux! Après quelques tours, il revint se poser aux côtés de ses amis.

— C'est magnifique, je me sens si bien… soupira Edwin en bâillant.

Il se mit à fixer les sphérioles en sautillant sur place. Il se sentait attiré par leur éclat irisé.

— Je crois que notre ami en a eu assez pour cette nuit, dit Peccadille de sa voix empâtée.

— Ohé! Eddie! jappa Ardor. Est-ce que ça va?

Le garçon bâilla à nouveau et ouvrit davantage les yeux.

— Je m'excuse… Je ne peux pas m'en empêcher.

— C'est normal, dit Aix; le soleil est déjà levé, chez toi. Tu es sur le point de nous quitter.

— Oui, dit son gardien. Ton esprit reposé réclame de retourner dans la réalité.

— Déjà? Quel dommage… dit Edwin en cachant sa bouche ouverte avec ses mains.

— Ce n'est pas dommage, au contraire. Tu vas maintenant pouvoir réfléchir aux signes distinctifs des maldors. C'est très important! Penses-y bien aujourd'hui et la nuit prochaine tu nous feras part de tes découvertes.

Edwin bâilla si largement qu'il offrit sa luette en spectacle aux Oneiros.

— Passe une bonne journée, lui dit Peccadille.

— Ouah! Ouah! À demain, Eddie! jappa Ardor.

— Je serai là pour t'accueillir à ton retour, promit l'ange.

— Reviens vite, dit Aix.

— À plus tard, articula Edwin en continuant de bâiller.

Ses acolytes le virent filer à travers la paroi de la tour de chute, piquer vers le fond et disparaître.

Plutôt que de se réveiller, Edwin se retrouva dans un cagibi mal éclairé, entre une cuisinière au gaz et un dromadaire à la bosse décentrée. La porte du four s'ouvrit. Un faisceau orange en jaillit et le paralysa. Le dromadaire s'assit sur son postérieur devant Edwin et leva ses membres antérieurs entre lesquels il tenait un cube doré. Edwin reconnut le gobeur.

— Je vais t'enlever ton étoile, jeune Robi, et te priver du coup de ta mémoire onirique.

L'animal approcha le boîtier du torse du garçon, entrouvrit la face coulissante d'un adroit coup de sabot et le plaqua aussitôt sur sa poitrine, fermement. Tels deux aimants, le corps d'Edwin et l'objet s'attirèrent. À ce contact, il eut mal au cœur, dans tous les sens du terme : il ressentit une vive douleur, comme si une main invisible enserrait son organe vital et tirait pour l'extraire, ce qui lui donna une affreuse nausée.

— Tu te dépêches, oui ? gronda la gazinière. Nous n'avons pas toute la nuit.

— Il y a un problème ; on dirait que la sphère de puissance refuse de sortir.

— Comment ça ? Elle devrait pourtant être attirée par l'enduit de…

— Tais-toi ! lança le chameau.

« Il faut que je m'échappe ! » songea Edwin. C'est alors qu'il se rappela l'astuce du réveil

117

instantané que lui avait apprise son gardien. C'était le temps ou jamais de s'en servir. Il se concentra pour ignorer sa douleur et son haut-le-cœur. Il canalisa toute son énergie sur ses paupières et parvint à les abaisser très fort et à les relever aussi vite bien grand. Ses atta-quants le virent disparaître.

— Il a bondi de réveil ! s'étonna le fourneau. Malgré mon faisceau paralysant !

— Et je n'ai pas pu lui retirer sa sphériole ! ajouta le grand mammifère éberlué.

7

Les signes des maldors

Edwin vit apparaître le décor de sa chambre.

— Ça a marché!

Il sauta hors du lit et fit sa toilette à la hâte. Avant de quitter sa chambre, il appela Balthazar à l'aide de son petit poste émetteur et le tira du lit pour lui dire qu'il avait des tas de trucs à lui raconter et surtout qu'ils avaient une importante mission à remplir. Il fit un crochet par la cuisine, embrassa sa grand-mère, ramassa des fruits et courut chez Bou.

Pressé de savoir ce qui était arrivé à son copain, le garçon vint à sa rencontre en pyjama et en pantoufles. Il le rejoignit dans la ruelle.

— Que se passe-t-il, Eddie?

— Les Oneiros n'ont pas pu mettre fin à la pandémie de cauchemars!

— Hein? Nom d'un logiciel malveillant!

— J'ai besoin de ton aide.

— Bien sûr! Mais… pourquoi?

— Attends, il nous faut un endroit plus discret.

Ils arrivaient à la maison des Canier. Melchia, la petite sœur de Bou, sautait à cloche-pied sur le trottoir.

— Salut, grenouille, lui dit Edwin.

Elle passa devant eux en faisant semblant de ne pas les voir. Edwin la regarda avec étonnement.

— Mel m'ignore depuis qu'elle a fait ces cauchemars, expliqua Bou. Elle nous en veut d'avoir volé le cube doré et d'avoir causé ses mauvais rêves.

— Je vais aller lui parler.

— Moi, je rentre m'habiller. On se rejoint dans la cour.

En voyant venir Edwin, Melchia croisa les bras et lui tourna le dos.

— Alors, ma princesse, tu ne me dis plus bonjour?

— Je suis pas ta princesse.

— Qu'est-ce qui te prend, de bouder ainsi, petite grenouille?

— Je suis pas non plus une grenouille. Va-t'en!

— C'est dommage que tu m'en veuilles; j'avais une confidence à te faire…

Elle continua de faire la moue, mais, intriguée, elle tourna les yeux vers lui. Il lui demanda d'approcher. Butée, elle fit non.

— Ne fais pas la grosse tête. Sinon tu ne connaîtras pas mon secret…

Elle fit un pas timide vers lui. Il se pencha et lui murmura à l'oreille:

— J'ai revu le Romain et ses copains et…

En entendant cela, la fillette se raidit et écarquilla les yeux d'effroi. Il s'empressa d'ajouter:

— Attends, n'aie pas peur. Sais-tu ce que j'ai fait? Je leur ai redonné leur boîte dorée et je leur ai ordonné de ne plus jamais t'embêter!

— C'est vrai? Tu as fait ça pour moi? Tu es courageux! Alors, c'est d'accord; je veux bien être ta princesse!

Ravie, elle se mit à sautiller et à taper des mains en chantonnant:

— Je ne ferai plus de cauchemars! Je n'en ferai plus jamais!

Edwin se troubla. Il ne devait pas donner de fausses illusions à la petite. Au contraire, il fallait qu'elle soit parée à faire face aux maldors, au cas où ils s'en prendraient encore à elle.

— Du calme, Mel. Il est possible que tu fasses un mauvais rêve un de ces jours. Je souhaite bien sûr que ce soit le plus tard possible, mais tu dois savoir que tout le monde fait un cauchemar de temps à autre, c'est normal…

Elle arrêta de sourire et l'écouta avec grand sérieux. Il poursuivit :

— Je peux toutefois te dire comment t'en échapper en employant le truc du réveil instantané. C'est l'ange gardien de mes rêves qui me l'a appris. Je l'ai essayé ce matin et ça fonctionne. C'est facile. Tu dois fermer tes yeux le plus fort que tu le peux et vite les rouvrir tout d'un coup bien grands en souhaitant partir. Tu vas alors te réveiller dans ton lit.

— Et je pourrai m'échapper de la lumière orange ?

— Euh… ce serait mieux si tu quittais ton rêve avant que la lumière t'attrape…

— D'accord. Merci, Eddie !

Dans la cour, les garçons s'installèrent sur la balancelle à auvent et Edwin entama son récit.

Il commença par mettre son ami au courant de l'assaut des créatures dans le vestibule de la tour du conseil. Il résuma ensuite son entretien avec les sagesonges et lui apprit que les archives de ses cauchemars avaient été altérées.

En lui décrivant les quatre dynasties oneiras, il lui exposa comment les Oneiros en étaient venus à la conclusion qu'il n'y avait que cinq rebelles. Il lui annonça que les dirigeants de la Zone lui avaient demandé de mieux leur décrire les maldors, mais que, quand il avait essayé de se rappeler l'apparence des créatures, il n'avait revu que leur dernier assaut. Il ne pouvait plus se concentrer.

— Quel formatage de bas niveau ! s'exclama Balthazar.

— Rassure-toi, ils n'ont pas effacé ma mémoire, ils l'ont juste perturbée temporairement. Comme il me restait encore du temps de sommeil, figure-toi que le grand-sagesonge m'a proposé de passer le reste de la nuit à explorer le monde des rêves !

Balthazar en resta baba d'émerveillement. Edwin lui relata sa rencontre avec ses trois accompagnateurs Oneiros. Il lui parla de la gentille Aix, ainsi que du chien Ardor et du ballon Peccadille qui étaient si attachants. Il décrivit l'étrange capitale, Zoneira, le joli parc de Bulle-Neige et l'extraordinaire tour de chute, sans oublier de dépeindre les beautés de la glume et de l'orbite. Il expliqua comment son gardien lui avait fait intraférer une sphériole et tenta d'exprimer à quel point il s'était senti puissant. Il termina par la dernière attaque des rebelles qui avaient tenté de lui enlever son étoile, mais qui, par chance, avaient échoué.

— Voilà, tu sais tout !

— C'est fabuleux ! Comme tu en as, de la chance, de vivre ces belles choses !

— Je n'ai pas vécu que du bon, mais tu as raison ; je suis privilégié et j'en suis conscient. Bon, en attendant ce soir, il y a du pain sur la planche. Veux-tu m'aider à relever les signes distinctifs des maldors ?

— Quelle question ! Mais est-ce que je le peux ? Hum… Personnellement, je ne vois aucune façon de distinguer ces étranges créatures…

Edwin réalisa qu'il n'avait pas bien expliqué les caractéristiques des Oneiros. Il s'appliqua à détailler les transformations successives de la tortue en bouquet de fleurs et en papillon, ainsi que celles de l'horloge en fauteuil berçant et en théière. Balthazar avait une telle faculté de visualisation que, sans les avoir vues parader, il put s'imaginer les traits particuliers des dames et comprit ce que les sagesonges attendaient d'eux. Ils s'attelèrent à la tâche et tentèrent de se rappeler certains caractères des créatures.

— Que dirais-tu du chiffre quatre pour décrire l'activinertien ? suggéra Bou.

Il lui expliqua son raisonnement et l'autre lui donna raison. Après réflexion, Edwin ajouta :

— Mais, pour que ce quatre reflète la réalité, il faut lui retrancher un pour qu'il devienne trois.

Bou le regarda sans comprendre. Avant qu'Edwin puisse expliquer ce qu'il entendait par là, une petite voix dit derrière eux :

— Le loup, il avait une petite dent comme Bou.

Ils se retournèrent. Melchia était assise dans l'herbe sous le marronnier.

— Tu ne vois pas que nous parlons de choses importantes ? lança son grand frère. Va-t'en !

— C'est ma cour à moi aussi ! J'ai le droit de rester ici.

— Tu es aussi envahissante et casse-pieds qu'un ver informatique !

— Est-ce que ça fait longtemps que tu es là, Mel ? demanda Edwin avec appréhension.

— Oui. Et j'ai tout entendu, si tu veux savoir !

Balthazar s'offusqua.

— Ce n'est pas bien, d'espionner les gens ! Maman, cria-t-il vers la maison, Melchia n'arrête pas de nous embêter !

Madame Canier se pointa à une fenêtre de l'étage. Elle commanda à sa fille de laisser les garçons tranquilles et d'aller plutôt jouer avec ses amies. Melchia partit en bougonnant.

— Cette petite est plus forte qu'on ne le croit… murmura Edwin.

Il s'exclama aussitôt :

— Mais oui ! Elle a raison ! Je n'aurais pas osé te le dire, mais je dois avouer que le loup, de même que le diplodocus, m'avaient fait penser à toi. Je ne comprenais pas pourquoi, mais, grâce à Mel, j'ai trouvé.

En se voyant comparé à des bêtes, Balthazar se renfrogna. Mais, quand son copain lui eut fait part de sa découverte concernant le maldor végimal, il ne put qu'être d'accord avec lui. Edwin lui expliqua ensuite pourquoi il avait ramené à trois le chiffre quatre servant à décrire l'activinertien et encore là Bou se joignit à ses conclusions.

Ils passèrent la matinée à partager les souvenirs de leurs vilains songes et à énumérer la liste des signes distinctifs de leurs attaquants. Leurs recherches furent fructueuses en ce qui avait trait à l'activinertien, au végimal et au sortilégeois. Mais elles s'avérèrent plutôt vaines en ce qui concernait les deux géants, dont ils n'avaient jamais pu voir les visages et dont ils n'étaient même pas certains qu'il s'agît d'éléons. Tout ce qu'ils purent noter à leur sujet fut leur habillement : goût prononcé pour les amples vêtements mauves à capuchon pour l'un, armure et coiffe romaines dorées pour l'autre, sans oublier sa manie de farcir son discours de citations latines. C'était bien peu. Ils ne connaissaient même pas leurs noms. S'ils avaient d'abord pensé que le Romain s'appelait Maldor2, ils savaient maintenant que ce n'était qu'un matricule pour désigner le second du groupe.

À midi, madame Canier les appela pour qu'ils viennent manger. Quand ils eurent terminé et se levèrent de table, un objet glissa de la poche de Balthazar. Sa mère se fâcha, lorsqu'elle vit de quoi il s'agissait.

— Tu vas tout de suite me dire ce que tu fais avec ça !

C'était un couteau à lame effilée. Bou le ramassa et le retourna entre ses doigts, songeur. Soudain, il se rappela.

— Oh, c'est rien. Je l'ai utilisé pour tailler du poivron quand Edwin et moi avons aidé Lorenzo à préparer ses pizzas avant-hier. J'ai dû le mettre par mégarde dans ma poche. Ce n'est pas dramatique, maman ; il y en a des tas d'autres au restaurant. Lorenzo ne doit même pas s'être aperçu qu'il lui en manquait un. Tu peux le garder. Tiens.

— Il n'en est pas question ! lança Magie-Reine. Ce couteau appartient à monsieur Siciliano et tu vas le lui ramener. *Quæ sunt Cæsaris Cæsari* !

— Comment ? demanda Edwin, ahuri.

— *Quæ sunt Cæsaris Cæsari*. C'est du latin. Ça veut dire : « Rends à César ce qui appartient à César. »

La dame se retourna vers son fils et ajouta :

— Quand bien même monsieur Siciliano posséderait mille couteaux, celui-ci est à lui et tu vas le lui redonner. M'as-tu bien comprise, Balthazar Canier ?

— Oui… te fâche pas, maman…

— Madame Canier, pouvez-vous me montrer comment s'écrit cette phrase latine ? demanda Edwin dont les yeux s'étaient illuminés.

Elle griffonna les mots sur un bout de papier. Il la remercia et tira son copain par une manche.

— Allons tout de suite voir Lorenzo ! dit-il.

— Qu'est-ce qui te prend ? Y'a pas le feu… répliqua Bou.

— Viens, ne tardons pas…

Dehors, Edwin s'élança au pas de course dans la ruelle.

— Hé! s'écria Bou. Pourquoi tant de presse? Je n'ai pas volé l'épée du roi Arthur, j'ai juste emprunté un petit couteau à légumes! Ce n'est pas une question de vie ou de mort... sauf pour les poivrons. Mais je ne crois pas que tu te tracasses pour les poi... Hé! Où vas-tu?

Edwin venait de tourner pour aller chez lui. Bou s'étonna:

— Je pensais que tu étais impatient de rapporter son précieux coutelas à Lorenzo?

— Cesse de dire des bêtises.

Edwin se rendit dans son atelier. Il ouvrit un tiroir et en sortit le message du Romain que Cécile lui avait remis la veille. Il compara les deux phrases, celle de madame Canier: «*Quæ sunt Cæsaris Cæsari*», et celle de Maldor2: «*Quæ sunt Phantamaris Phantamari*». Il récita à mi-voix:

— Rends à César ce qui appartient à César...

Il compara à nouveau les deux expressions et s'exclama:

— Eurêka! Bou, j'ai trouvé! Un des géants s'appelle Phantamar!

Après un crochet par la pizzeria afin de s'acquitter de la démarche qu'avait exigée madame Canier, les garçons allèrent au carré Saint-Louis pour continuer de discuter des caractéristiques des maldors. Il y avait peu de monde dans le parc; seuls quelques groupes dispersés de gens allongés sur l'herbe faisaient la sieste ou prenaient un bain de soleil. Ils n'eurent aucun mal à trouver un arbre libre à l'écart, auprès duquel ils épluchèrent leurs trouvailles et les peaufinèrent. Mais ils eurent beau se creuser les méninges, ils ne découvrirent rien de plus concernant les deux géants.

En fin d'après-midi, ils se dirigèrent vers la sortie du parc. En passant devant deux collégiennes étendues sur des serviettes de plage, Balthazar entendit l'une dire à l'autre :

— … et j'ai ainsi triplé ma vitesse de téléchargement!

Intéressé, il s'arrêta pour écouter, en leur tournant le dos pour que son indiscrétion ne soit pas trop manifeste. Mais elles s'arrêtèrent de parler.

— Eh! Tu me fais de l'ombre! Ôte-toi, lui lança l'une d'elles.

— Ça va, répliqua Bou. Le soleil est à tout le monde. Et vous ne devriez pas vous exposer aussi longtemps. C'est très mauvais, à cause des ultraviolets…

— Je suis sûr qu'elles n'ont pas envie d'entendre tes sermons, docteur Canier, dit Edwin en le tirant par la manche.

Ils sortirent du parc et prirent le chemin de la maison.

— Tu me fais de l'ombre, ôte-toi… dit soudain Edwin.

— Tu ne vas pas te mettre toi aussi de la partie ! bougonna Bou.

— Je ne me moque pas, je t'assure. Mais ce qu'a dit cette fille m'a rappelé quelque chose. Sauf que je ne sais pas quoi au juste… Laisse-moi réfléchir.

Il se mit à répéter :

— L'ombre, ôte… L'ombre ô… Qu'est-ce que c'était ? C'est quand tu as parlé d'ultraviolets que ça m'a mis la puce à l'oreille… Hum… Oui, je sais ! Bou, j'ai trouvé le nom de l'autre géant.

— Ah bon !

Il expliqua que c'était le maldor végimal qui s'était échappé dans son tout premier cauchemar, celui du métro. Quand le géant capé avait exhibé ce cylindre qui émettait un rayon orange, l'arbre avait dit : « Je connais un garçon qui va goûter à la puissance de l'ombre mauve ! » Edwin se rappelait que le colosse avait décoché un regard incendiaire à l'arbre et qu'il lui avait ordonné de se taire.

— Et sais-tu pourquoi il était si fâché? demanda-t-il à Bou.

— Parce que l'autre venait de divulguer son nom!

— Exact! Notre géant passionné pour le violet s'appelle l'Ombre Mauve! Ce qui veut donc dire que Phantamar est le nom du Romain!

Les garçons s'arrêtèrent devant la maison des Robi pour se dire au revoir.

— J'espère que je vais m'endormir vite, dit Edwin. J'ai hâte de faire part de nos découvertes aux Oneiros.

— Mange bien, juste assez, mais pas trop; tu dormiras comme une marmotte en hiver.

— D'accord. À demain!

— Fais de beaux rêves, comme d'habitude, veinard!

À la télévision, l'épidémie de cauchemars était le sujet de l'heure et on en parlait sur toutes les chaînes. On confirma qu'elle avait gagné l'ensemble du globe et qu'elle touchait dix pour cent de la population par bloc de vingt-quatre heures. Cette dernière nuit, la pandémie avait encore fait trois cents millions de victimes, la plupart différents de celles de la veille. La mystérieuse calamité se propageait sans qu'on sache comment l'enrayer.

Il tardait à Edwin d'aller au lit, pressé qu'il était que le fléau s'arrête. Mais il suivit le conseil de Bou et prit d'abord un repas léger. Tandis qu'il mangeait, Balthazar téléphona.

— Mon copain le chimiste vient de m'appeler, dit-il.

— Quel chimiste?

— Tu sais, celui à qui j'ai demandé d'analyser la substance puante prélevée à l'intérieur du cube d'*edbalium*. Tu ne devineras jamais ses conclusions…

Edwin mâchouilla sa bouchée sans répondre.

— Il s'agit d'un liquide organique composé d'eau, de chlorure de sodium et d'autres sels, avec une énorme proportion d'acides gras, ce qui…

— Viens-en au fait, Bou.

— D'accord, d'accord! Bref, il s'agit de sueur. Et mon copain soutient que cette sécrétion-là est si acide qu'elle doit avoir été provoquée par une émotion extrêmement intense.

— Beurk! déglutit Edwin. Quel genre d'émotion?

— Probablement la peur. Une terrible peur. Il ne voit rien d'autre que la terreur pour provoquer une sudation aussi aigre.

Edwin grimaça. Il avait des doutes. «Qu'est-ce que de la transpiration viendrait faire dans le gobeur? Moi, je suis convaincu qu'il puait juste le renfermé.»

— Merci pour l'information, Bou. Bonne nuit.

— Salut!

L'appel lui ayant coupé l'appétit, Edwin monta se coucher. Les yeux fermés, il se concentra sur les caractéristiques des maldors qu'il ne voulait pas oublier et sur son gardien-aiguilleur qu'il avait hâte de retrouver. Il ne tarda pas à sombrer.

Edwin eut la vague impression de flotter avant d'atterrir sur ses pieds. Il rouvrit les yeux et sursauta. Il n'était pas à Bulle-Unie ni en aucun endroit de la Zone qu'il avait visité; il se trouvait dans un vaste espace désert où tout était gris. Dans son dos, il entendit des froissements suivis de déclics. Il se retourna, persuadé qu'il allait voir Chape Doëgne. Mais il se retrouva face à cinq lampes de poche braquées sur lui. Cinq rayons lumineux orange en jaillirent et le paralysèrent. Figé, il regarda les créatures qui lui avaient fait vivre son premier cauchemar.

— Voilà le mouchard qui veut nous dénoncer aux sagesonges! dit la vieille armoire à battants.

— *Tu quoque, fili?* Toi aussi, mon fils, tu songes à nous trahir? murmura le Romain masqué sur un ton faussement désolé. Tsstss… Ça ne nous plaît pas du tout!

La momie aux chairs en lambeaux le menaça de son index griffu:

— Si tu parles, nous te le ferons amèrement regretter!

— Edwin, dit le géant à la cape violette avec calme, mais aussi avec fermeté, j'espère que tu auras l'intelligence de reconnaître qu'il vaut mieux pour toi être avec nous que contre nous.

Le garçon tenta le truc du réveil instantané, mais pas un de ses cils ne bougea. «Mon corps fatigué refuse de se réveiller.» Il se concentra pour disparaître, sans résultat. S'il avait pu s'échapper d'un rayon lumineux, il ne pouvait rien contre cinq qui concentraient leur effet sur lui. «Si je fais mine d'être de leur côté, peut-être abaisseront-ils leurs armes?» Ne pouvant pas bouger, il essaya d'adoucir son regard.

— On dirait qu'il accepte! dit le saule pleureur en agitant ses longues branches molles.

Les créatures réduisirent l'intensité des faisceaux de façon à lui permettre de parler, tout en le maintenant immobile.

— Ah! Ah! *Occasio facit furem!* L'occasion fait le larron! se moqua le Romain.

— Nous t'écoutons, dit le géant à la cape mauve.

— J'ai pris une décision, annonça Edwin lentement, et je crois que c'est la plus sensée…

— Notre ami pense que tu pourrais nous être utile, dit la momie en pointant la cape violette, mais j'ai des doutes. Dis-moi, petit damoiseau, comment penses-tu nous aider?

Les yeux d'Edwin brillèrent. «Ces maldors sont si sûrs d'eux!» songea-t-il. Ne sentant plus l'étreinte du faisceau, il savait qu'il pouvait partir. Mais il ne put s'empêcher de les narguer:

— Ma décision sensée, c'est d'aider les sage-songes, et non de méchants bouffons tels que vous!

— Insensé! hurla le géant encapuchonné.

Dans un même souffle, il cria aux autres:

— Il faut l'empêcher de partir, vite!

Avant que les maldors ne remettent l'intensité de leur arme au maximum, Edwin disparut de la strate sans décor.

L'armoire bredouilla entre ses battants:

— Le damoiseau devait frimer: il serait fou de se ranger du côté des sagesonges.

— Nous l'en avons sûrement découragé, déclara l'arbre pleureur. Avez-vous vu comme ses yeux luisaient de peur?

— Ne fais-tu pas la différence entre un regard apeuré et un de défi ? tonna la momie.

— Je crains en effet que le jeune Robi ne nous donne du fils à retordre... avoua le colosse capé.

— Tu me déçois, l'Ombre Mauve, gronda le Romain. Je t'avais pourtant dit que j'étais contre l'idée de lui donner une autre chance. *Bis peccare in bello non licet.* À la guerre, il n'est pas permis de se tromper deux fois. Ce rêveur ne fera rien qui puisse nuire aux autres rêveurs, tu aurais dû t'en douter. *Canis caninam non est.* Le chien ne mange pas le chien. Puisqu'il a choisi le clan adverse, je vais le poursuivre sans relâche et lui empoisonner la vie. Je le jure. Parole de Phantamar !

Convaincu qu'il allait faire son entrée dans la tour du conseil ou dans l'observatoire du sieur Doëgne, Edwin fut étonné d'atterrir parmi d'énormes poutres colorées. Il sentit le sol vibrer et entendit un vacarme au-dessus de sa tête. À travers la structure métallique, il vit un train ouvert rempli de passagers hurlants foncer droit sur lui. Mais il ne s'affola pas : il avait reconnu l'endroit. Il se trouvait sous l'armature d'une attraction de La Ronde, dont le convoi venait d'attaquer la première pente. Le garçon enjamba la clôture de sécurité et se retrouva sur la travée piétonnière, entre le vampire, Goliath et le cobra, ses manèges favoris.

Il était déçu et surpris que l'ange ne soit pas là pour l'accueillir comme il l'avait promis, mais il n'était pas inquiet ; il était en pays de connaissance. Le publiphone qui avait servi de porte d'accès au passonge que son gardien et lui avaient déjà emprunté pour se rendre à Bulle-Unie se trouvait juste devant. Il entra dans la cabine et inséra les doigts dans la chute à monnaie, mais son corps ne fut pas entraîné. Il décrocha alors le combiné et appela :

— Allo ? Allo ? Sieur Doëgne, êtes-vous là ?

Aucune réponse. Il n'y avait même pas de tonalité. Edwin appuya plusieurs fois sur l'interrupteur, il tenta de joindre l'assistance téléphonique et signala le numéro réservé aux appels d'urgence ; l'appareil n'émit aucun son. « Il faut peut-être que je fasse comme l'autre nuit et que je plonge dans le téléphone, se dit-il. Je risque seulement de m'assommer. Mais puisqu'il ne s'agit que d'un rêve… » Il sortit de la cabine pour prendre son élan, s'élança tête première, passa les portes à battants en planant, se cogna le crâne sur le boîtier et tomba à quatre pattes. Il n'avait heureusement aucun mal. « Ma mère-grand ! Ça ne marche pas… Il faut pourtant que je le rejoigne ! » Il ressortit, mit ses mains en cornet autour de sa bouche et s'éloigna en hélant :

— Ohé ! Chape Doëgne ! C'est moi, Edwin ! Hé, ho ! Sieur Doëgne ! Venez !

Il croisa un ouvrier en combinaison bleue qui poussait un balai.

— Que cherches-tu, petit ? demanda l'homme.

— Bonjour ! Dites, êtes-vous un acteur… enfin… un Oneiro… Vous comprenez ?

— Bien sûr que je comprends. Et la réponse est non… mais oui. Je n'en suis pas un, mais une !

Et il se transforma en femme, puis en fillette. Edwin reconnut d'abord la dame du kiosque de friandises de son autre rêve, et ensuite Melchia. « C'est l'actrice Eskons Konay ! » se réjouit-il.

— Comment puis-je t'aider, jeune Robi ? demanda l'éléone.

— Le passonge menant à Bulle-Unie semble défectueux, dit-il en indiquant le publiphone. Y en a-t-il un autre ? J'ai des choses très importantes à rapporter à Chape Doëgne et aux sagesonges.

— Ce téléphone n'est pas une issue. Vois-tu, tu n'es pas dans la même strate que l'autre nuit. Celle-ci, bien que tu l'aies aménagée de façon identique, n'est pas configurée de la même manière; ses passonges sont donc localisés ailleurs. Celui-ci, par exemple – elle indiquait un regard d'égout – est relié à l'arrêt-passonge de l'esplanade de Zoneira. Il n'y a toutefois pas de chemin menant directement aux quartiers de ton gardien ou de nos dirigeants. Mais, attends, je vais contacter le sieur Doëgne.

Elle demeura immobile quelques secondes et annonça:

— Ton gardien est abasourdi que ce soit moi qui lui apprenne ton arrivée. Il est dans la salle du conseil. Il va être ici dans deux minutes.

«Deux minutes? se troubla Edwin. Il peut arriver des tas de choses, en deux minutes! Je pourrais être attaqué… ou avoir une perte de mémoire!» Il ne pouvait pas se permettre d'attendre.

— Merci, dame Konay. Dites à mon gardien que je le rejoins là-bas.

Sans lui laisser le temps de répliquer, il sauta sur le puisard.

8
Signalement

Edwin émergea d'un parcmètre et atterrit sur la grande place qui surplombait la capitale onirique. Il se pencha sur le cadran semi-circulaire du compteur de stationnement. Plutôt que d'être divisé en heures et minutes, il offrait une liste de destinations. Le premier choix était le hall de la tour du conseil. Edwin tourna la poignée pour positionner le curseur sur cette option et replongea dans la fente à monnaie. Il jaillit de la bouche de la statue du vestibule. Devant lui, les vantaux du grand portail doré s'ouvrirent pour lui livrer passage. Il avait déjà perdu assez de temps. Au lieu de marcher, il préféra s'élancer dans les airs et voler vers les trônes.

Il se heurta aussitôt à Chape Doëgne qui venait justement à sa rencontre, lui aussi par la voie des airs. L'ange fut si surpris de le croiser là-haut qu'il battit de l'aile et retomba. Edwin le suivit et se posa devant lui. Son gardien le considéra avec un mélange d'étonnement, de fierté et de peur.

— Est-ce que ça va? demanda le garçon.

— C'est plutôt à moi de te poser cette question. Je viens de communiquer avec Kamal Klibi, qui a omis de m'informer que tu étais arrivé. Il m'a annoncé que ton signal ne s'était jamais affiché sur ses instruments. Encore en ce moment, tu sembles absent. C'est incompréhensible! Es-tu dans la Zone depuis longtemps?

— Je me suis endormi vers vingt et une heure, mais je n'ai pas atterri directement dans la strate figurant La Ronde...

Il lui résuma l'assaut des maldors.

— Pas encore! J'espère qu'ils ne t'ont pas trop perturbé, cette fois... As-tu relevé des indices?

— Oui, plusieurs.

— T'en souviens-tu?

Edwin fouilla dans sa tête. Il dénicha quelques bribes des caractéristiques des maldors, mais il régnait un tel fourbi dans ses pensées qu'il n'arrivait pas à les mettre en ordre. Remarquant son désarroi, le gardien entoura ses épaules d'une de ses ailes.

— Mon pauvre garçon… Viens, tu es très attendu.

Chape Doëgne entraîna son protégé en direction des trônes. Soudain, une bête fauve bondit d'un vitrail du plancher et détala à gauche ; un homme surgit d'une autre mosaïque et fila derrière elle, suivi d'une femme et d'un linge de dentelle. Alors qu'il les suivait du regard, Edwin vit encore d'autres êtres étranges jaillir des cercles colorés, lesquels s'installèrent sur des fauteuils disposés en face de ceux des dirigeants. L'ange s'arrêta à leur hauteur.

— Je vais avec mes confrères. Toi, va rejoindre mes chefs.

Le garçon le regarda s'éloigner vers le groupe insolite. Le grand-sagesonge l'appela :

— Hum ! Viens t'asseoir à côté de moi, Edwin.

Il s'obligea à détacher les yeux des créatures et prit place entre la grande tortue et le vieil éléon.

— Cher Edwin, dit celui-ci, j'ai été renversé d'apprendre que tu venais de subir une nouvelle attaque. J'ignore comment ces maldors peuvent effacer les traces de leurs méfaits, mais sois assuré que nous ferons tout pour les arrêter. C'est très généreux de ta part d'être revenu et de nous accorder ton aide et ton temps qui…

— Dong! l'interrompit dame Sévira. Voyons, Carus! S'il est là, ce n'est pas par générosité, mais par obligation. Tu sais bien que son esprit endormi n'a pas pu faire autrement que de venir dans la Zone. Trêve de politesses inutiles!

Elle se tourna vers Edwin.

— Bong! Jeune Robi, as-tu fait ce que nous t'avions demandé? As-tu réfléchi aux marques distinctives des maldors?

— Oui. Avec mon ami et sa petite sœur, nous avons trouvé que… euh… que… Oh zut! Dès que je me rappelle un signe, son souvenir s'efface aussitôt. Mes idées, qui étaient bien claires quand je me suis couché, sont maintenant floues…

— Les maldors t'ont choqué, dit Carus Philein. Prends de rapides inspirations; ça va te stimuler.

— Dong! J'espère que leur assaut ne l'aura pas encore rendu amnésique pour toute la nuit!

— Mais non, dit la tortue. Respire par la bouche, petit. Ce trou de mémoire va vite passer.

— Hum, oui, bon. En attendant que ses idées lui reviennent, nous allons lui présenter les autres.

Il s'adressa à l'assemblée.

— Chères dames et chers sieurs, voici Edwin Robi, le damoiseau dont je vous ai parlé hier.

Les personnages, répartis sur deux rangées de treize sièges, l'observèrent en murmurant.

— Jeune Robi, poursuivit l'éléon, je te présente les gardiens-aiguilleurs responsables des vingt-six secteurs de la Zone onirique.

— Bong! Il n'y en a que vingt-cinq. Il y a un retardataire! Dong!

— Hum, oui, mais passons. Chère Lavisée, voudrais-tu procéder aux présentations formelles?

— Ding!

Dame Sévira pointa ses balanciers sur le personnage assis sur le premier siège de gauche, un homme vêtu comme un souverain de l'ancienne Turquie, et annonça d'une voix pompeuse:

— Bong! Sieur Ali Ben Calife, chef de Bulle-Abysse.

Le sultan se leva, inclina son turban, puis il se rassit. L'horloge poursuivit:

— Bing! Dame Marine Outremer, de Bulle-Bleue.

En apercevant la gracieuse sirène installée sur le second fauteuil, Edwin se rappela un cauchemar et frissonna. La belle lui sourit avec langueur en faisant papillonner ses longs cils, mais sans chercher à le séduire. La vice-sagesonge continua.

— Bong! Sieur Chantre Canari, de Bulle-Citron.

Un serin siffla un joli chant de bienvenue.

— Bing! Dame Riche Parure, de Bulle-Dorée.

Un diadème de pierres précieuses tournoya pour afficher sa splendeur.

— Gong! sonna durement l'horloge en pointant le siège suivant qui était vacant. Le chef de Bulle-Ébène est en retard. C'est impardonnable! Surtout de la part du *doyen-aiguilleur*…

Un murmure de mécontentement s'éleva dans l'assemblée.

— Hum, c'est vrai, dit le grand-sagesonge avec calme. Le sieur Nocturn a eu un empêchement et il m'a prié de vous transmettre ses excuses. Ceci étant dit, tu peux poursuivre, ma chère Lavisée.

La vice-sagesonge présenta le sieur Rubis Rubicond, le dirigeant de Bulle-Fruit. Un homme diabolique se leva en s'appuyant sur une grande fourche qui rougeoyait comme si on venait de la retirer des braises. Vêtu de cuir rouge, il avait la peau écarlate et deux cornes torsadées lui sortaient du front. Il fixa son regard ardent sur Edwin et fit retentir son rire démoniaque.

Lavisée Sévira continua de présenter les gardiens-aiguilleurs. Edwin, qui n'avait pas assez de ses deux yeux pour découvrir cette fascinante assemblée, réserva toute son attention à l'observation des êtres étranges qui la composaient et n'écouta que d'une oreille distraite les noms que prononçait la vice-sagesonge. Il reconnut des animaux, des végétaux, ainsi que divers objets. Il vit des éléons à l'air tout à fait humain, mais il en repéra d'autres aussi translucides que le grand-sagesonge. Il découvrit même de curieux mélanges, comme un homme surmonté d'une tête de bête et un autre ayant un corps d'animal.

Les présentations se poursuivirent et chacun salua Edwin à sa façon. Il ne restait que deux individus à présenter.

— Bing! Dame Clo Chette, dirigeante de Bulle-Yucca.

Une plante ornementale se hissa sur ses feuilles et secoua les grelots blancs qui garnissaient sa hampe florale.

— Bong! Et, finalement, voici le sieur Perfi Détorve qui est à la tête de Bulle-Zénith, le secteur terminal de la Zone onirique.

Un homme plus blême qu'un albinos, mais aux cheveux noirs, se leva du dernier siège. Il sourit et dévoila deux longues canines aux pointes rougies. Edwin frissonna à la vue de ce vampire. Mais il se rappela que tous ces êtres étaient des gardiens-aiguilleurs et que le fantôme suceur de sang, comme le diable et les autres monstres, étaient en fait de bons sortilégeois.

— Tes idées sont-elles plus claires, maintenant, jeune Robi ? demanda le sieur Philein.

Edwin sonda son esprit avec appréhension ; il fut heureux d'annoncer :

— Oui, j'ai retrouvé tous mes souvenirs !

Tous les yeux étaient posés sur lui. Il commença par expliquer comment il avait découvert les noms des géants. Il révéla qu'il avait entendu un des maldors appeler Ombre Mauve celui qui se dissimulait sous des vêtements violets, puis il raconta l'anecdote des expressions latines qui lui avaient permis de trouver le nom de Phantamar.

— Voilà donc les noms des éléons ! annonça-t-il fièrement.

Il fut déçu par la réaction des Oneiros. En fait, ils n'en eurent aucune.

— Phantamar et l'Ombre Mauve… répéta lentement Carus Philein en se frottant le menton.

— Dong! Ces noms ne me disent absolument rien! déclara l'horloge.

— À moi non plus, malheureusement, avoua la tortue.

— Bong! Et à vous? demanda Lavisée Sévira aux gardiens-aiguilleurs.

Sa question se heurta à la même absence de réaction.

— Hum, il s'agit donc de pseudonymes, dit le patriarche.

— Zut! marmonna Edwin. Moi qui croyais avoir fait d'importantes découvertes!

— Mais ce sont des découvertes importantes, mon petit! l'assura Gentille Mambonne. Dès que nous aurons trouvé ceux qui utilisent ces sobriquets, nous découvrirons ceux qui se cachent sous l'armure et la cape.

— Hum, oui, tu as fait du bon travail, Edwin. Je te félicite! Maintenant dis-nous ce que tu as découvert sur les autres maldors. Car je suppose que tu en as découvert davantage à leur sujet…

— Vous avez raison, sieur Philein. Mes amis et moi avons réussi à relever des similitudes entre les personnages de nos cauchemars.

La tortue applaudit cette annonce et sa consœur lança:

— Bong! À la bonne heure! Notre pavane grotesque n'aura pas été inutile.

— Commençons par le végimal, dit Edwin. Lorsque j'avais été confronté au diplodocus et au loup, ils m'avaient vaguement rappelé mon ami. J'avais oublié cela, mais la petite sœur de Balthazar m'y a refait penser. Comme Bou dont les canines d'adultes n'ont jamais poussé, les deux bêtes avaient leur croc droit écourté. De même, le tronc de l'arbre de mon premier cauchemar se divisait en deux branches maîtresses, mais celle de droite était coupée et, dans un autre rêve, ce côté des bois de l'orignal était cassé. Encore ce matin, juste avant mon réveil, l'activinertien métamorphosé en gazinière et le végimal sous la forme d'un dromadaire m'ont attaqué et ont tenté de m'enlever ma sphériole. Heureusement, ils n'ont pas réussi. Mais, à bien y penser, il ne s'agissait pas d'un dromadaire à la protubérance décentrée. C'était un chameau à deux bosses dont l'une avait été amputée.

Un grondement monta de l'assemblée des gardiens et le sieur Philein dut réclamer le silence.

— Pour ce qui est du maldor activinertien, poursuivit le garçon, il possède des accessoires qui devraient être au nombre de quatre, mais qui ne sont jamais que trois.

— Dong! Je n'ai jamais entendu de descriptions aussi nébuleuses!

— Patience, Lavisée… murmura son chef.

— Je m'explique, reprit Edwin. L'armoire présentait quatre ouvertures pour des tiroirs coulissants, mais l'une était vacante : il n'y avait que trois compartiments. La lance possédait quatre fentes pour accueillir des plumes stabilisatrices, mais elle n'avait que trois ailerons. Pareil pour la cabane à laquelle il manquait un de ses quatre murs, ainsi que pour le frigo qui était bancal : il reposait sur seulement trois pattes. Et idem pour la cuisinière à gaz, qui avait perdu un de ses brûleurs.

— Bong ! Voilà qui est plus clair.

Le grand-sagesonge dévisagea l'horloge dont le cadran rougit à trois heures et à neuf, telles les pommettes d'une personne gênée.

— Quand au sortilégeois, poursuivit Edwin sans se laisser déconcentrer, qu'il incarne une momie, une sirène, un homme éléphant ou une chimère, il arbore toujours des griffes ou des cornes qui, plutôt que d'être en kératine, semblent constituées de métal.

Les membres de l'assistance furent troublés. Les gardiens s'agitèrent sur leur siège, dame Mambonne enfouit sa tête dans sa carapace, le sieur Philein fut pris d'une quinte de toux et dame Sévira émit un nerveux tic-tac. Edwin poursuivit sans se préoccuper du malaise général :

— À part leur grande taille et leur habillement, je n'ai relevé aucune caractéristique chez l'Ombre Mauve, ni chez Phantamar.

— Ça ne m'étonne pas, dit le grand-sagesonge. Nous, éléons, sommes les Oneiros les plus difficiles à différencier.

— Je n'ai jamais vu leur visage, de sorte que je ne suis même pas sûr qu'ils soient des éléons, dit le garçon. Ce que je sais, c'est que le Romain personnifie des guerriers ou des monarques de l'antiquité portant armure et masque dorés et qu'il cite des proverbes latins. L'autre est plus grand. Il porte toujours des gants, une cape ou un long manteau, un large chapeau ou une capuche, le tout invariablement violet.

Quand il se tut, les gardiens se levèrent d'un même élan et de vives discussions éclatèrent. Le grand-sagesonge leva les bras pour freiner leur ardeur, mais il n'y parvint pas. Dame Mambonne battit des nageoires, mais le désordre persista. Alors, l'horloge s'impatienta et éclata :

— Gong ! Dames et sieurs, silence ! Ne demandez la parole qu'un à la fois, sinon vous aurez affaire à moi et vous découvrirez pourquoi je m'appelle Sévira !

Comme tous la connaissaient trop bien, le silence se fit et chacun se rassit.

— Bong! Voilà qui est mieux. Est-ce tout, damoiseau?

— C'est ce que j'ai pu noter, dit Edwin. J'espère que ça pourra vous aider.

Un grand arbre qui occupait la dernière place de la première rangée agita une de ses branches et le froufrou des feuilles attira l'attention de l'horloge.

— Dong! Sieur Noah Zeth, gardien de Bulle-Marron, la parole est à toi.

Le noyer dit dans un long soupir:

— Chers collègues, vous aurez tous reconnu le maldor végimal à l'appendice droit atrophié, qui est en fait une dame et qui s'appelle Terribelle Angoisse…

Le brouhaha qui s'éleva prouva qu'on adhérait massivement à cette allégation.

— Dong! Bien sûr. Merci, sieur Zeth.

Une délicate lumière bleue scintilla sur un siège qui au premier regard semblait vide, mais qui à bien y regarder était occupé par une femme minuscule pourvue d'ailes de libellule.

— Ding! Attention, je vous prie. La représentante du Secteur-Indigo a quelque chose à dire. Dame Aurore Crépuscule, tu peux parler.

— Merci, répondit la voix de la femme insecte, si aiguë qu'elle était à la limite de la fréquence audible. Bien que les objets qu'ils incarnent soient presque incassables, il arrive néanmoins que des activinertiens soient parfois endommagés. Ainsi, je dois vous apprendre qu'une Oneira de cette dynastie correspond depuis peu au portrait que nous a tracé Edwin.

La petite fée raconta qu'elle avait été témoin de l'accident. C'était il y avait un mois. Un damoiseau végimal métamorphosé en noix de coco roulait à toute allure sur la voie publique, lorsqu'il avait par mégarde percuté une activinertienne incarnant une vieille chaise. Du coup, il lui avait arraché une patte. Le chauffard s'était confondu en excuses et s'était transformé en frêne pour offrir sa plus belle branche, afin de remplacer la pièce cassée. Mais, plutôt que d'accepter et de pardonner, l'autre avait engueulé le malheureux qui, dépité, s'était réincarné en poisson pourri. L'activinertienne était partie en clopinant.

— Je connais bien cette rancunière qui représente toujours des objets quaternaires, poursuivit dame Crépuscule. Elle est misanthrope, bourrue et paresseuse. Elle est si fainéante qu'elle a préféré demeurer amputée d'un de ses quatre éléments plutôt que de chercher une façon de se rapiécer. Son nom vous dira peut-être quelque chose? Elle s'appelle Ilya Unmachin…

Cette annonce fit autant d'effet qu'une bombe et toutes les voix éclatèrent en même temps.

Plusieurs décennies plus tôt, Ilya Unmachin s'était soudain attaquée aux rêveurs avec cruauté, sans raison apparente. Les dirigeants de l'époque l'avaient vite arrêtée. Elle avait avoué avoir été frustrée d'être à la solde des humains. Elle ne voulait plus jouer dans leurs songes et préférait rester oisive. Elle avait donc effrayé ses victimes jusqu'à ce qu'elles se réveillent, à la suite de quoi la vaurienne demeurait dans leurs strates abandonnées pour s'y prélasser. Après avoir été sévèrement punie, dame Unmachin n'avait plus récidivé. Néanmoins, nul n'ignorait que cette activinertienne, qui prenait constamment l'apparence d'un objet muni de quatre accessoires, témoignait une préférence pour les rôles d'armes ou d'autres objets susceptibles d'effrayer les humains. Les gardiens-aiguilleurs partageaient l'avis de leur consœur fée : Ilya Unmachin ne s'était pas vraiment départie de son esprit de révolte. Il y avait donc de fortes chances qu'elle fasse partie du groupe des maldors.

— Dame Unmachin est affiliée au Secteur-Watt qui est sous la juridiction du sieur Halos Gene.

C'était le grand-sagesonge qui avait parlé. Il s'adressa à un activinertien représentant une ampoule électrique.

— Sieur Gene, je te demanderais de dépêcher des aiguilleurs auprès d'elle, qu'ils l'amènent ici pour qu'on la questionne.

L'orbe de verre s'éteignit le temps de transmettre ses ordres, puis il se ralluma.

— Hum, bien… reprit Philein. Pour ce qui est de l'aiguilleuse Angoisse, dont le supérieur immédiat ne se trouve pas ici, je vais te demander, ma chère Silika, de déléguer tes propres assistants.

Sa sœur jumelle, cette dame âgée arborant un chignon blanc qui portait ce jour-là une salopette de denim bleu ornée de petits voiliers, hocha la tête, ferma les yeux un instant et fit un signe du menton pour signifier que l'ordre était lancé.

— Nous avons deux suspects, c'est déjà bien, dit son jumeau. Passons aux autres.

— Dong! Il est vrai que nous possédons trop peu d'indices pour identifier les éléons. Mais le fait qu'ils se cachent derrière des masques ou des capes, alors que les individus de cette dynastie affichent peu de traits physiques, me porte à croire qu'ils ont des particularités à camoufler…

— Je suis d'accord, s'empressa de dire le sieur Philein pour mettre fin aux murmures qui reprenaient. Commençons par Phantamar. L'un de vous aurait-il une idée ?

Chez les gardiens, nul ne répondit. Du côté des trônes, la tortue entra dans sa carapace dont elle ressortit avec un disque blanc. Elle dit :

— Ma dynamappe n'a trouvé personne qui utilise ce sobriquet ou son équivalent latin, même s'il a été prononcé plusieurs fois dans les rêves d'Edwin. C'est affolant ! Cela voudrait dire que les maldors ont effacé ces mots de la mémoire de la Zone !

Carus Philein demanda aux Oneiros présents de fouiller leurs souvenirs, pour voir s'ils ne connaissaient pas d'éléon qui se déguisait en Romain. Tous secouèrent la tête.

Ils devaient maintenant passer à l'Ombre Mauve et au sortilégeois aux appendices d'argent.

Le chef joignit ses mains en un geste de méditation. Les gardiens frémirent, la tortue se balança et l'horloge perdit sa cadence. On appréhendait la suite, sachant que ces deux cas susciteraient de vives discussions.

9
Furtivité

Carus Philein chassa son anxiété et demanda à l'assemblée :

— Quelqu'un a-t-il quelque chose d'utile à formuler ?

Un homme à tête de taureau et à la peau jaunâtre tachetée de brun et de vert souffla par ses naseaux un brouillard laiteux.

— Bong ! fit dame Sévira. Sieur Mili Taris, chef de Bulle-Kaki.

Le minotaure se tourna vers la droite, pointa ses cornes et un doigt accusateur sur le cinquième siège qui était inoccupé et meugla :

— Comme vous le savez, Soucougnan Nocturn, le doyen-aiguilleur absent, est un grand éléon dont le visage a malheureusement été ravagé et qui depuis se cache sous des vêtements à capuche habituellement violets. Sachant qu'il compte sous ses ordres Terribelle

Angoisse sur laquelle plane un mandat d'arrêt, les conclusions deviennent faciles à tirer…

L'assemblée gronda son assentiment, mais le grand-sagesonge réagit vivement :

— Ce ne sont pas des preuves suffisantes, voyons ! La majorité des éléons sont grands et plusieurs privilégient les vêtements mauves. Ça n'a rien d'étonnant : comme me l'a souvent répété ma femme, ce coloris met en valeur notre chair claire et nos yeux gris.

Venant du sobre sieur Philein, cette remarque coquette fit sourire l'assemblée et détendit l'atmosphère. Il poursuivit plus calmement :

— De plus, qu'une aiguilleuse soit accusée d'être une maldore ne fait pas de son chef un coupable. Je connais très bien le sieur Nocturn et je me porte garant de son innocence.

Une gracieuse lionne rugit dans la dernière rangée.

— Bing ! Dame Ambre Fauve, gardienne-aiguilleuse de Bulle-Orange.

— Ton opinion peut-elle être neutre lorsqu'il est question de ton meilleur ami ? miaula le félin femelle.

La tristesse voila le regard du chef. Son cher Soucougnan n'était plus que l'ombre du grand éléon qu'il avait été. Les larmes montèrent aussi aux yeux des gardiens. S'ils croyaient que le sieur Mili Taris avait raison de l'accuser et qu'ils réprouvaient avec énergie les actes dont ils le supposaient coupable, tous sans exception l'avaient jadis admiré.

Mal à l'aise, la lionne se lécha une patte avant d'ajouter :

— Je souhaite de tout cœur que notre doyen soit innocent. Je veux toutefois porter à votre attention le fait qu'aucun Oneiro ne peut approcher une sphériole, à part les gardiens. L'un de nous doit donc avoir assisté les maldors, sinon ils n'auraient pas pu faire disparaître des étoiles.

Derrière le siège vide, une armure se leva dans un grincement métallique et une voix sépulcrale émanant du heaume déclara :

— Je suis d'accord, et l'agressivité que démontre Soucougnan Nocturn envers les humains le place au premier rang des suspects ! Son absence est louche !

— Dong ! s'emporta l'horloge. Nada Vidal du Secteur-Rien, tu n'avais pas la parole !

L'armure inclina son buste et se rassit. Le grand-sagesonge dut se racler la gorge avant de parler.

— Hum, hum, hum… Je vous rappelle que les rebelles se sont servis d'un appareil inconnu pour anéantir sur place les sphérioles remises à des rêveurs. Il n'est donc pas obligatoire qu'un gardien ait rejoint leurs rangs. Du moins, souhaitons-le.

Un tissu blanc très ajouré qui reposait sur le premier siège de la seconde rangée s'éleva et s'agita comme un mouchoir qu'on secoue en signe d'adieu.

— Bing! Dame Dentelle Guipure de Bulle-Neige, tu peux parler.

— Loin de moi l'idée d'accuser un innocent à tort, dit le linge, mais, puisque tout le monde cherche manifestement à éviter le sujet, je tiens à souligner que nous n'avons toujours pas discuté du cas du maldor sortilégeois aux appendices métalliques.

Un sentiment de gêne plana sur l'assemblée, mais cela ne découragea pas l'étoffe qui poursuivit:

— Parmi les individus appartenant à cette dynastie, il n'y en a à mon avis que trois qui correspondent à la description faite par le jeune Robi. Et ce qui en tracasse visiblement plusieurs est que l'un d'eux se trouve parmi nous.

Edwin tressaillit et scruta l'assemblée en se demandant quel sortilégeois était visé. Les Oneiros, eux, le savaient. Pour éviter de croiser son regard, ses collègues examinèrent le ciel sphériolé. À ce moment, l'ampoule à la tête de Bulle-Watt s'éteignit quelques secondes, après quoi elle s'échauffa jusqu'à l'incandescence et s'écria :

— Ilya Unmachin a disparu !

Au même moment, Silika Philein se prit la tête à deux mains et s'exclama à son tour :

— Terribelle Angoisse aussi !

— Dong ! Comment ça, disparu ?

Halos Gene expliqua que ses aiguilleurs, le sieur Tom Awak et dame Jeanne Tourie, avaient localisé Ilya Unmachin dans un rêve. Mais, le temps de s'y rendre, ils n'avaient trouvé que le rêveur, terrorisé, qui s'était réveillé sous leurs yeux et avait quitté la Zone. Ils avaient tenté de retracer Unmachin, mais en vain ; elle était soudain introuvable.

La sœur du grand-sagesonge annonça que depuis quelques jours il n'y avait aucune trace de dame Angoisse.

— Gong ! Ça ne se peut pas ! On ne disparaît pas comme ça ! Il doit y avoir erreur…

Le double tic-tac de l'horloge s'emballa. La tortue eut un hoquet d'effroi et se réfugia dans son exosquelette. Inquiet, Edwin scruta l'assemblée. Il ne vit que des yeux agrandis de stupeur, des feuilles frémissantes d'effarement et des choses vibrantes d'hébétude.

— Nous allons voir ce qu'il en est ! lança le sieur Philein de sa puissante voix après un moment.

Il claqua des doigts. Les trois trônes et le siège du garçon pivotèrent pour présenter le dos à l'assemblée des gardiens-aiguilleurs et faire face aux tentures de velours rouge qui recouvraient une grande surface du dôme vitré. Il tapa dans ses mains et commanda :

— Lumière, éteins-toi ! Et, *dynamappe magistrale*, dévoile-toi !

L'éclairage se tamisa et les rideaux s'écartèrent. Edwin roula des yeux affolés et se mit à trembler. De seulement penser qu'un maldor se trouvait peut-être dans son dos lui glaçait l'échine. Dame Mambonne sentit son trouble ; elle posa une nageoire sur sa main et murmura :

— N'aie crainte ! Même si c'est lui, il n'osera rien te faire tant que nous serons tous autour.

Il s'efforça de se concentrer sur ce qu'il y avait en face. Là où se trouvaient avant les tentures écarlates était apparue une longue passerelle garnie d'instruments. Edwin reconnut ceux qu'il avait vus à Bulle-Unie, mais il en vit plusieurs autres qui lui étaient inconnus. Et au-dessus de l'attirail n'apparaissait pas le dôme de verre, mais une surface ronde et blanche, plus large que le plus grand écran de cinéma qu'Edwin eût jamais vu. « C'est une dynamappe ? Mais elle est gigantesque ! » constata-t-il.

Le grand-sagesonge transmit ses directives de vive voix :

— Dynamappe magistrale, montre-nous ce que fabriquent les présumés maldors. D'abord la végimale, Terribelle Angoisse.

Quelques minutes auparavant, dans une strate du Secteur-Sable, un homme courait sur un boulevard désert. Il leva la tête et gémit en n'apercevant aucune lumière aux fenêtres. «Personne pour m'aider!» se désola-t-il. Il entendit le vrombissement de la voiture se rapprocher. La vieille limousine qui roulait sur trois roues gagnait du terrain. Elle l'aurait bientôt rejoint. Elle le poursuivait depuis qu'il avait mis le pied sur le trottoir. Qui s'acharnait de la sorte après lui? Lui qui détestait tant les véhicules motorisés!

Depuis l'accident qui avait failli lui coûter ses jambes, Jack Daniel n'était plus jamais monté dans une voiture. Après un an de convalescence et de réadaptation fonctionnelle, il avait même quitté Miami pour se retirer à la campagne en Virginie, loin du bruit infernal de la circulation qui lui rappelait sans cesse le terrible soir où sa voiture avait percuté une tractopelle qui roulait sans éclairage sur la voie publique.

Alors qu'il contournait un énième tronc d'arbre, Jack remarqua soudain qu'il s'agissait de cocotiers. «Des palmiers? En Virginie?» s'étonna-t-il. Il reconnut alors sa ville natale de Floride. Aussi stupéfait qu'il était essoufflé, il n'osa cependant pas ralentir. Courant toujours, il tenta de comprendre comment il était revenu là, à plus de mille kilomètres de sa maison. Tout ce dont il se souvenait, c'était de s'être glissé au lit puis… paf! il avait atterri sur cette large rue, où la longue voiture l'avait pris en chasse.

Les bruits du moteur s'amplifiaient. Il ne tarderait pas à se faire écraser. Par chance, il arriva à la hauteur d'une ruelle. Il s'y élança et roula derrière des sacs d'ordures. La limousine, incapable de tourner dans l'étroit passage, passa tout droit. Les jambes tremblantes, Jack se releva. Il essuya les larmes d'épouvante qui lui embrouillaient la vue et scruta l'obscurité à la recherche d'un débouché. Mais la ruelle était si longue qu'il n'en voyait pas le bout. Haletant, il clopina vers l'autre extrémité.

Il entendit un vrombissement derrière lui. Il se retourna et vit une motocyclette rouillée sans conducteur gravir le tas d'ordures. La machine rugit. Malgré sa pétarade saccadée indiquant qu'un des quatre pistons ne remplissait plus ses fonctions, son pneu arrière crissa, l'engin se cabra comme un cheval fou et s'élança sur une seule roue. Jack s'enfonça dans le couloir de béton en souhaitant ne pas s'être engagé dans une impasse. Quand il arriva au bout, ses espoirs s'envolèrent; il émergea dans une cour entourée de hauts barbelés. Il était pris au piège.

— Par l'enfer! C'est un cauchemar! s'écria Jack Daniel en voyant ce qui était entreposé là.

Des dizaines de véhicules lourds de tous les genres et de tous les modèles étaient garés pêle-mêle. Il y avait bien entendu de ces tracteurs qu'il détestait tant, mais aussi des camions à benne, des bulldozers, des pelles mécaniques et bien d'autres outils. Il se retourna pour voir surgir la moto, mais elle n'arriva pas. Il ne l'entendait plus. Tout était silencieux. Prudemment, il marcha vers la ruelle et regarda à l'intérieur. Elle était déserte. Il s'apprêtait à repartir, lorsque retentirent des détonations dans son dos. Il pivota et se figea.

Les puissantes machines s'étaient toutes mises en marche. Elles avancèrent en faisant hurler leurs moteurs. Il voulut s'élancer, mais une pelle hydraulique fit pivoter sa flèche et abattit son bras sur lui. D'un bond, l'homme évita le godet chargeur qui fracassa le sol devant l'entrée de la ruelle, bloquant son unique issue. Jack Daniel se retourna en tremblant. Les calandres et les phares des machines se muèrent en cruels sourires et en yeux méchants. Les outils de terrassement étaient devenus des dispositifs de guerre, tous ligués contre lui.

Un énorme véhicule rongé par la corrosion se trouvait au centre de la ligne de front. Il se déplaçait sur des chenilles et était muni sur le devant d'un large dispositif hélicoïdal. Jack reconnut un de ces chasse-neige à turbines frontales utilisés dans les pays nordiques pour avaler la neige, la broyer et la projeter à distance. Une souffleuse! L'engrenage formé de quatre rotors en colimaçon se mit à tourner. L'une de ces spirales était écrasée, mais les autres, bien saillantes, suffiraient certainement à le mettre à mal.

Une voix rêche jaillit soudain de cette gueule aux dents en forme de vrille.

— Je te dis adieu, sieur Daniel. Je dois maintenant t'engloutir.

Horrifié, l'homme recula et se retrouva acculé au mur. Il se mit à trembler, écarquilla les yeux et bâilla. Aussitôt, un phare posé sur la cabine du monstre métallique s'alluma et sa lumière orange enveloppa Jack. Paralysé, il regarda approcher sa fin en suant à grosses gouttes. Quand la machine fut à un pas, ses essuie-glaces s'allongèrent, se glissèrent dans les manches de Jack et lui raclèrent les aisselles en grondant :

— Ce liquide est plus précieux que du carburant. Sois assuré que je l'utiliserai à mauvais escient.

L'engin disparut tout à coup. À la place, Jack vit foncer sur lui un grand chef de tribu amérindienne et une bonbonne grosse comme dix bouteilles. Libéré de l'emprise de la lumière orange, le rêveur bondit de réveil. Les aiguilleurs Tom Awak et Jeanne Tourie qui venaient de faire irruption dans sa strate ne purent que constater que l'activinertienne rebelle avait disparu.

Tous les yeux étaient rivés sur la dynamappe magistrale de la salle du conseil, à laquelle Carus Philein avait demandé de trouver la végimale suspecte. Le grand écran n'afficha pas l'une de ses habituelles images tridimensionnelles, mais il devint rouge et un texte noir clignotant apparut en son centre. Une voix de femme fusa du disque et dit :

— *Terribelle Angoisse : individu non localisé.*

Insensible aux rumeurs d'étonnement et de mécontentement que provoqua cette annonce, la voix flegmatique de la dynamappe poursuivit son communiqué :

— *Dame Angoisse a été repérée pour la dernière fois il y a trois nuits, à quatre heures douze du matin. Elle se trouvait alors près d'une tour de chute du Secteur-Ébène. Depuis, elle n'a pas donné signe de vie.*

Edwin réfléchit : « Quand il est quatre heures ici, il est minuit chez moi. Dame Angoisse a donc disparu peu après que j'aie remis le gobeur à la Mort. »

— Seuls les défunts disparaissent ainsi… murmura la tortue de mer.

— Dong ! La sotte s'est peut-être simplement cachée dans une voie sans issue ? Ça expliquerait qu'on ne la détecte plus.

— Mais… elle serait tout de même condamnée ! s'affola Gentille. C'est terrible !

— Si c'est le cas, notre ciel comptera bientôt une nouvelle sphériole, ding !

— Lavisée ! s'offusqua sa consœur. Terribelle a beau avoir mal agi, il ne faut pas souhaiter cela !

— Hum, du calme, mes dames, dit Carus Philein. Il est vrai que les dynamappes ne peuvent pas sonder les *impassonges*. Cependant, on ne trouve ces voies inachevées et sans issue que là où peut accéder l'esprit des rêveurs, c'est-à-dire dans les strates. Or, dame Angoisse a été localisée pour la dernière fois dans le noyau. Il est donc impossible qu'elle se soit perdue dans un *cul-de-strate*.

— Son invisibilité voudrait donc dire qu'elle est… morte? s'étrangla dame Mambonne.

Edwin posa une main rassurante sur sa nageoire en disant:

— Elle ne peut pas être décédée il y a trois jours, puisque je l'ai vue il y a quelques heures.

— Tu as raison, petit, se réjouit le caret. Merci!

— Bong! Cette grosse affiche doit être toute détraquée! s'emporta dame Sévira en agitant ses balanciers vers la dynamappe magistrale.

— *Je vous assure que je fonctionne très bien,* répliqua l'appareil avec impassibilité.

— Prouve-le, dit le sieur Philein, et tâche maintenant de trouver l'activinertienne suspecte.

L'écran affiche à nouveau un texte clignotant sur fond écarlate et son imperturbable voix féminine annonça:

— *Désolée, Ilya Unmachin est introuvable. Son bref signal n'a été perceptible que quelques secondes il y a moins de cinq minutes. Elle se trouvait dans une strate du Secteur-Sable où un certain Jack Daniel a vécu un cauchemar épouvantable. Mais le signal de dame Unmachin s'est évaporé aussi vite peu avant l'arrivée des aiguilleurs Tourie et Awak.*

Avant que l'horloge ne lui demande si ça tournait bien derrière son disque, la dynamappe magistrale précisa que l'activinertienne n'avait emprunté aucun impassonge. Et elle affirma à nouveau qu'elle-même était en parfait état de marche.

La salle du conseil était plongée dans la consternation. Dame Mambonne formula la question que tous se posaient :

— Comment ces Oneiras ont-elles pu se volatiliser ainsi ?

— Bong ! De telles disparitions ne se sont jamais vues, dit dame Sévira. Je ne peux y croire !

— Hum... fit le grand-sagesonge en se pétrissant le menton. Si elles ne sont pas devenues des étoiles, c'est donc qu'elles sont devenues furtives...

Dans l'auditoire, sa sœur jumelle leva la main ; il lui donna la parole.

— Ça me rappelle une vieille fable, dit l'éléone âgée. Elle parlait d'un Oneiro que les systèmes de surveillance oniriques ne pouvaient plus détecter.

— Je cherchais justement à me remémorer cet épisode, dit le grand-sagesonge. C'est maman qui nous avait raconté ça peu après être devenue vice-sagesonge. Ça remonte à très longtemps; toi et moi n'étions que des damoiseaux.

— Tu as meilleure mémoire que moi, dit Silika. Te souviens-tu de l'histoire? Qu'était-il arrivé à l'Oneiro pour qu'il devienne furtif?

— Ce n'était pas qu'une histoire, mais un fait réel. Vu la gravité de l'affaire, maman et ses confrères avaient préféré la faire passer pour une simple légende zonière. Personne ne l'avait donc prise au sérieux et on n'en avait plus parlé que comme d'un mythe.

— Dong! Ça expliquerait pourquoi on ne voit pas les maldors quand on visionne les archives.

— Oui, ajouta la tortue. Ça me rassure doublement: non seulement les maldors n'ont-ils pas modifié les enregistrements, mais, de plus, les rebelles ne sont pas mortes. Ouf!

— Pour revenir à cette affaire de disparition, dit Silika, sais-tu, Carus, pourquoi l'Oneiro était devenu invisible?

— Non. Les sagesonges d'alors ont gardé cela secret et ils ont fait disparaître toute trace de l'incident. Maman m'avait expliqué qu'ils craignaient que ça entraîne des problèmes.

— L'histoire leur a donné raison, nasilla Gentille Mambonne tristement.

— Dong! Et maintenant, nous avons des problèmes parce qu'ils ont détruit ces archives, critiqua l'autre vice-sagesonge. Ils auraient au moins dû conserver un mémo sur le sujet. Carus, es-tu certain qu'il n'y a rien?

— Hélas! Je suis formel: il ne subsiste aucune chronique relatant cet événement. Et comme notre mère et les autres dirigeants de l'époque sont depuis longtemps devenus des étoiles…

Carus Philein soupira. Dame Sévira porta ses aiguilles mécontentes vers le bas:

— Gong! Nous n'apprendrons jamais ce qui s'est passé et les maldors invisibles continueront de commettre leurs méfaits impunément!

À ce moment, Ambre Fauve feula. Préoccupée, l'horloge ne l'entendit pas et ce fut Gentille Mambonne qui autorisa la lionne à parler.

— Suis-je la seule à avoir remarqué qu'Ilya Unmachin s'était éclipsée juste à temps? On dirait qu'elle a deviné que les aiguilleurs venaient pour l'arrêter… À moins que quelqu'un au courant de ce que nous allions faire l'ait informée… Pschit!

La féline avait terminé sa réplique accusatrice en crachant comme une chatte face à un ennemi. Les gardiens-aiguilleurs exprimèrent leur embarras par un bourdonnement sourd.

— Carus, dit la tortue, ne crois-tu pas que le malaise a assez duré?

— Hum, en effet... Il est temps de vérifier l'état des trois sortilégeois suspects.

10

Des têtes louches

Par sa pensée, le grand-sagesonge commanda à la dynamappe magistrale d'émerger de sa dormance. Elle se ralluma. Dans l'assemblée, le silence se fit aussitôt, mais la tension demeura.

— Localise d'abord le gardien qui figure parmi les suspects, ordonna le chef sur-le-champ pour ne pas prolonger le suspense.

Au soulagement de tous, l'écran ne vira pas au rouge. Un photogramme en trois dimensions s'y afficha, montrant la salle du conseil et tous ses occupants. Les personnages à l'écran se mirent à reproduire fidèlement les gestes de tous les individus qui se trouvaient dans la pièce. L'image était si parfaite qu'Edwin eut l'impression que la surface de la dynamappe était un miroir. La seule distinction entre la réalité et la projection était que sur l'image était inscrite l'identité de chacun sous sa représentation. Un nom clignotait : celui de Perfi Détorve, le vampire à la tête de Bulle-Zénith.

La tortue applaudit :

— Perfi est visible, ce qui démontre qu'il n'est pas devenu furtif. Il n'a donc rien à se reprocher.

Un soupir de soulagement monta de l'assistance. Edwin se retourna et vit l'être aux longues canines se redresser fièrement sur son fauteuil. Avec un air austère, il entrelaça ses doigts en faisant onduler ses griffes d'acier. Le grand-sagesonge s'adressa à lui.

— Pardon, sieur Détorve, mais cette vérification était obligatoire. Il aurait été inacceptable que nous contrôlions les autres suspects et pas toi.

Le principal intéressé ne dit rien et inclina la tête avec soumission.

Carus Philein interrogea la dynamappe à propos des deux autres sortilégeois. Il s'agissait de Gogol et Golon Gougaud, de turbulents jumeaux qui adoraient précipiter les humains dans des situations embarrassantes et qui, malgré leur jeune âge, avaient plusieurs délits à leur actif. Par exemple, ils chapardaient les habits des rêveurs pour qu'ils se retrouvent parmi la foule en petite tenue, quand ce n'était pas sans aucune tenue. Quand ils ne s'attaquaient pas à leur habillement, c'était leur chevelure ou leurs dents qu'ils faisaient tomber. Ou encore, quand des gens rêvaient qu'ils dormaient paisiblement dans leur chambre, les chenapans aimaient se faufiler dans leurs songes pour apparaître sous le lit ou dans le placard en arborant de monstrueuses apparences.

La dynamappe magistrale présenta le résultat de sa recherche. À la surprise de tous, qui s'attendaient à ce qu'un des damoiseaux au moins soit invisible, les deux apparurent à l'écran, l'un sous la forme d'un cyclope aux crocs métalliques, l'autre sous l'apparence d'une licorne à la corne d'argent. Ils se promenaient ensemble dans le Secteur-Turquoise et semblaient pour l'instant ne rien faire de mal.

Le grand-sagesonge réfléchit en se frottant le menton et dit :

— La furtivité d'Ilya et de Terribelle prouve qu'elles sont des maldores. Cependant, le fait que les autres suspects soient apparus sur la dynamappe magistrale ne prouve pas qu'ils ne font pas partie du groupe rebelle. Ils pourraient avoir choisi de demeurer visibles. Tant que nous n'aurons pas établi l'innocence des suspects sortilégeois en découvrant l'identité des maldors, tous trois devront demeurer sous surveillance.

Il marcha vers l'assemblée et, son regard ayant croisé les yeux verts et captivants du vampire, il dit :

— Sieur Détorve, je dois te relever de tes fonctions. Ton premier aiguilleur, le sieur Xi Yan Zoo, te remplacera provisoirement.

Offusqué, le vampire montra ses crocs rougis, puis il serra ses lèvres bleues qui devinrent noires. Ses yeux grossirent, à croire qu'ils allaient jaillir de leur orbite, sa peau livide se couvrit d'écailles vertes, alors que d'énormes ailes de chauve-souris lui poussaient dans le dos pour se prolonger en une longue queue. Une corne d'argent jaillit en vrille de son museau. Silencieux, le dragon balaya l'assemblée de son regard sombre. Il fit claquer ses ailes, s'éleva dans les airs, redescendit en piqué et s'enfonça dans une rosace du plancher.

Un rugissement retentit, brisant le silence qui avait remplacé le claquement d'ailes. C'était la lionne de Bulle-Orange qui demandait encore la parole.

— Sieur Philein, miaula-t-elle, je pense qu'il serait inacceptable de ne pas enquêter sur le doyen-aiguilleur. Je trouve en effet bien étrange son absence à cette réunion des plus importantes…

Tous ses confrères approuvèrent sa requête. Le grand-sagesonge dit d'une voix fatiguée :

— Ce serait injuste, vous avez raison. Mais, avant de procéder à ce contrôle, j'aimerais que vous repensiez aux raisons qui poussent Soucougnan Nocturn à éviter la compagnie de certains humains. Vous comprendrez alors que la présence de notre jeune invité est à l'origine de son absence.

Edwin réalisa que c'était de lui qu'on parlait et se tortilla sur son siège, mal à l'aise. Dame Mambonne lui tapota la main en murmurant :

— Mais non, mais non, oublie ça, mon petit.

La lionne continua de présenter ses arguments :

— C'est justement la rancune que s'entête à nourrir le sieur Nocturn qui me pousse à douter de son innocence. Je crains que le ressentiment qu'il éprouvait initialement contre quelques individus ne se soit étendu à tous les rêveurs. Je ne suis pas la seule à le penser ; malgré tout le respect que nous avons pour notre doyen, nous sommes nombreux à penser ainsi.

La majorité des gardiens opinèrent du chef pour appuyer ses dires. Le grand-sagesonge soupira. Il se sentait si las ! Sans mot dire, il se tourna vers la dynamappe magistrale. Par télépathie, il lui demanda de localiser le doyen des gardiens-aiguilleurs. L'assemblée retint son souffle. Carus Philein fut étonné de réaliser que lui-même appréhendait le résultat. « Et si je me trompais au sujet de mon ami ? pensa-t-il. Il est vrai qu'il a beaucoup changé au cours des dernières années… »

Déjà bien avant son accident, Soucougnan Nocturn n'était guère enclin à l'indulgence envers les dormeurs lunatiques qui ne savaient trop ce qu'ils voulaient. C'était ces dormeurs-là qui commençaient à créer des passonges pour quitter leurs rêves, mais qui changeaient soudain d'idée et les laissaient inachevés. Ces impassonges devenaient des pièges potentiels pour les Oneiros.

Quand l'un de ces chemins sans issue s'était effondré sur lui et ses enfants, qu'il avait tué sa progéniture et l'avait défiguré, l'animosité de Soucougnan à l'égard des rêveurs s'était muée en une profonde rancœur. Il était devenu si sombre que nul n'osait plus le fréquenter, hormis sa femme, sa petite fille et son grand ami Carus.

Sur l'écran de la dynamappe magistrale, l'image vacilla et un film 3D montrant un observatoire identifié comme étant Bulle-Ébène apparut. Un individu se trouvait à l'intérieur, seul. Sous sa silhouette, une inscription indiquait qu'il s'agissait de Soucougnan Nocturn. Edwin tressaillit. Très grand, le doyen-aiguilleur portait une cape mauve et son visage était enfoui dans l'ombre de son large bonnet. Il salua l'auditoire en levant la main, dans laquelle il tenait une dynamappe de taille régulière.

Un profond mugissement retentit dans l'assistance et le minotaure se leva en piaffant.

— Il nous épiait! Notre doyen est un traître!

— Hum, du calme, Mili Taris, dit le grand-sagesonge. Oui… J'ai omis de vous dire que le sieur Nocturn m'a demandé une autorisation spéciale; il souhaitait que son instrument puisse sonder la salle du conseil pendant la réunion. C'est avec mon accord que la dynamappe magistrale lui a ouvert l'accès à nos délibérations. Il a ainsi suivi le déroulement de la rencontre à distance. Par conséquent, il est au courant des derniers faits et il a entendu tout ce qui s'est dit.

Plusieurs parmi les gardiens-aiguilleurs furent embarrassés en apprenant cela, entre autres la lionne, qui émit un miaulement gêné, et l'armure, dont les pièces s'entrechoquèrent en un nerveux cliquetis.

Carus Philein s'adressa à nouveau à l'auditoire.

— Là encore, le fait que le doyen-aiguilleur soit visible sur les instruments n'est pas une preuve absolue de son innocence. Soucougnan, ajouta-t-il en regardant la dynamappe magistrale, tu demeures donc suspect et je dois te relever temporairement de tes fonctions. Ta première aiguilleuse, dame Mélane Jais, prendra la direction des activités du Secteur-Ébène jusqu'à ce qu'on ait démontré irréfutablement que tu n'es pas un maldor.

Le grand éléon à la cape violette fit une brève révérence pour signifier qu'il se pliait aux ordres.

— À partir de maintenant, les allées et venues des suspects devront en permanence être contrôlées et suivies sur dynamappe, décréta le grand-sagesonge. Dame Zou Kini, gardienne-aiguilleuse de Bulle-Verte, je te nomme responsable de cette surveillance.

— À ton service, chef! répondit le fruit ovale en bondissant sur son siège.

— Quant à toi, sieur Gene, dit le patriarche en s'adressant au globe de verre, je te demanderais de mettre les frères Gougaud au courant de leur situation.

Le dirigeant de Bulle-Watt clignota pour signifier son assentiment.

Carus Philein fit un petit discours de circonstance. Il déclara qu'on avait pu, grâce aux descriptions précises du jeune Robi, reconnaître la culpabilité des dames Angoisse et Unmachin. Dès qu'on les aurait arrêtées, on les obligerait à dénoncer leurs complices et on pourrait les capturer tous. Il y avait cependant un hic: on ne pouvait pas localiser les maldors furtifs à l'aide d'outils, ce qui impliquait qu'il faudrait entrer en contact avec eux pour les découvrir. Ordre était donc donné aux gardiens de bien transmettre la description des cinq rebelles à tous les membres de leur secteur respectif et d'exiger des acteurs qu'il s'en trouve toujours au moins un dans une strate occupée et ce, depuis l'arrivée du rêveur jusqu'à son départ. Ainsi, les coupables seraient bientôt pris en flagrant délit.

Lorsqu'il se tut, ce fut le branle-bas de combat et tous les gardiens se levèrent avec entrain, mais non sans ordre. Depuis le sultan de Bulle-Abysse jusqu'à la plante de Bulle-Yucca, ils défilèrent devant le garçon pour le remercier et lui serrer la main. L'un après l'autre, ils s'élancèrent vers les vitraux ronds, aucun n'empruntant le même passonge, et ils s'y enfoncèrent. Quand dame Clo Chette fut partie, Chape Doëgne, resté en retrait, s'approcha à son tour.

— Cher Edwin, je conserverai à jamais le souvenir de notre rencontre. Merci pour tout ce que tu as fait. Sache que je suis très fier d'être ton gardien-aiguilleur!

Edwin devint triste, tout à coup. Il comprit que les Oneiros étaient sur le point de lui donner congé, mais il n'avait pas envie de les quitter. Incapable de parler sous peine de voir sa mâchoire trembler, il répondit par un signe de tête, les yeux remplis de larmes. L'ange, qui partageait sa tristesse, lui donna l'accolade. Les dents serrées, le garçon le regarda s'éloigner et bondir dans un des ronds de verre coloré.

Carus Philein s'adressa à lui :

— Jeune Robi, c'est à mon tour de te remercier, en mon nom et en celui de tous les Oneiros, pour ton aide qui nous a été si précieuse. On ne devrait pas tarder à mettre fin à la révolte et ton peuple pourra sous peu recommencer à rêver en paix.

« Non ! s'écria l'adolescent dans sa tête. Je ne veux pas partir ! » Il considéra les sage-songes l'un après l'autre. Il ne les connaissait pas depuis très longtemps, mais il s'était déjà attaché à ce grand vieillard translucide et à cette grosse tortue de mer si gentille. Même l'horloge, avec ses aiguilles à une heure quarante-cinq qui lui donnaient ce drôle d'air mi-figue mi-raisin, commençait à lui être plus sympathique. Affolé à l'idée de devoir les quitter, il écarquilla les yeux. « Non, non ! Je ne veux pas ! Pas si vite ! Pas comme ça ! Pas maintenant ! »

— Bong! Qu'y a-t-il, damoiseau? s'enquit Lavisée Sévira. Qu'as-tu à me dévisager ainsi?

Il eut tout à coup une idée. Il prit une profonde inspiration et risqua:

— Mes dames et mon sieur, voilà... J'étais en train de me dire que, s'il faut établir un contact visuel avec les maldors, ça veut dire que tous les recoins de la Zone devront être fouillés. Ça représente une tâche énorme! J'aimerais donc vous offrir mon aide et participer aux recherches. Pensez-y: nul ne connaît mieux que moi l'apparence des rebelles. Acceptez, s'il vous plaît!

Les sagesonges se consultèrent par transmission de pensées. Le chef rendit leur décision:

— Nous sommes d'accord, mais à condition que...

— Je tiens également à coopérer! lança une voix derrière Edwin.

Il se retourna et vit Aix dévaler les marches du podium central avec sur ses talons un chiot roux qui mâchouillait un os multicolore. Au moment même où il les vit, Ardor Kerber cracha soudain la masse barbouillée qui venait de lui éclater à la figure comme une bulle de gomme trop gonflée. Le petit chien jappa:

— Ouah! Nous venons aussi!

Il reprit son apparence de boxer adulte, cependant que l'amas coloré redevint un gros ballon.

— Oui, nous ne laisserons pas Eddie y aller seul.

Des larmes de joies coulèrent sur les joues d'Edwin. Il serra les mains d'Aix avec chaleur, gratta le cou d'Ardor Kerber et chatouilla le haut de Peccadille Bagatelle.

— La première exigence est donc remplie, annonça le grand-sagesonge. J'accepte que le jeune Robi et ses accompagnateurs se joignent aux équipes de recherche.

— Dong! sonna l'horloge. Passons à la seconde formalité. Dis-moi, damoiseau, es-tu assez courageux pour ne pas succomber à la panique si tu te retrouves en face des terribles maldors?

— Nous devons en effet nous en assurer, ajouta la tortue. Tu dois savoir qu'en participant tu risques d'avoir à nouveau affaire à eux. Te sens-tu capable de les affronter?

Pour lui indiquer qu'il était important qu'il y réfléchisse par deux fois, dame Sévira fit entendre son double tic-tac. Edwin plissa les yeux. Sa réflexion fut cependant de courte durée et ce fut d'une voix déterminée qu'il répondit:

— L'épidémie de cauchemars continuera de s'étendre tant que les maldors n'auront pas été arrêtés. Que je vous assiste ou non, je risque d'être à nouveau attaqué. Je sais à quel point ils peuvent être effroyables et, bien sûr, je les crains. Mais j'ai appris qu'il valait mieux agir que subir. Je préfère être du côté des attaquants plutôt que de celui des proies. Comme je sais à quoi m'attendre, je n'en serai que plus prudent. Donc, oui, je veux et je peux collaborer.

— Hum, bien, alors…

— Attendez! s'exclama Aix. Je viens de penser à un truc et je ne sais plus si c'est une bonne chose qu'il vienne…

Elle s'empressa de dire au garçon qui la considérait avec des yeux arrondis:

— Je m'excuse de te contrarier, mais je me fais du souci pour ta sécurité.

Elle se tourna vers les dirigeants et expliqua:

— Nous devrons certainement nous introduire dans des strates en cours d'enregistrement et Edwin ne peut pas se retrouver en présence d'un autre rêveur. Ce serait trop risqué pour leur esprit.

« Mais il n'y a aucune raison qu'on me retirer le droit de rester! » songea Edwin. Or, pour les convaincre, il lui fallait avouer qu'il avait enfreint la loi onirique en visitant un rêve en cours d'enregistrement. Comme il voulait rester à tout prix, il repoussa sa gêne et admit son délit, pour aussitôt annoncer que, à la grande surprise de son gardien, cela n'avait causé aucun problème.

— Dong! Mais nous étions au courant! Qu'est-ce que tu crois? Les appareils de détection ont senti la promiscuité de vos esprits dès que tu as fait irruption dans la strate de ton copain et l'alarme a aussitôt été déclenchée.

— Vous le saviez… murmura Edwin. Et vous ne nous avez pas grondés… Merci.

— Nous avons en effet été surpris que le sieur Doëgne enfreigne le règlement, dit la tortue, mais nous avons été davantage étonnés par l'absence d'interférence entre vos esprits.

— Tout juste, ajouta le patriarche. Mais, quand Aix m'a appris que tu étais né lors du grand bouleversement, j'en ai conclu que ton esprit, sensible comme toute âme naissante, avait été touché par le souffle de l'explosion. Et j'ai vu là l'explication de tes surprenantes facultés oniriques. Cette désobéissance était somme toute un bon geste; elle prouve que tu pourras accompagner tes acolytes où qu'ils aillent sans problème.

Se tournant vers Aix, son parrain lui demanda si elle était rassurée.

— Rassurée et enchantée!

— Bien. Allez-y, maintenant. Nous devons contrôler les alibis des suspects.

Les jeunes gens et les aiguilleurs s'élancèrent vers le portail central. Edwin exultait. Il avait hâte de découvrir d'autres parties de la Zone. Et surtout il lui tardait de voir les rebelles arrêtés.

11

Enquête dans le noyau

Dans le vestibule, Ardor bondit dans la jarre blanche. «Vive les passonges!» songea Edwin en jetant un regard de biais à l'interminable escalier transparent avant de suivre le chien.

Les acolytes sortirent par la porte à la base de la tour du conseil, mais en émergeant d'une petite lentille encastrée dans le bois qui permettait de voir vers l'extérieur. Ils se retrouvèrent sous un ciel clair dans le parc aux allées de gravillons. Edwin fut surpris de voir un pré de trèfle visité par une colonie d'abeilles plutôt que le jardin français géométrique, et une sapinière envahie par la neige au lieu du parc anglais de fleurs sauvages. Il comprit que le décor de l'esplanade était sujet à changer du jour au lendemain.

— Alors! Que faisons-nous? jappa Ardor.

— Il nous faut un plan, répondit Peccadille.

— Les acteurs surveillent les strates, les gardiens fouillent le noyau et les sagesonges vérifient où se trouvaient les suspects au moment des crimes, dit Aix. Que pourrions-nous faire d'autre ?

— Si nous questionnions ceux qui connaissent les suspects ? suggéra Edwin.

— Excellente idée ! s'exclama l'éléone. Voyons… qui…

Elle sursauta. Ardor venait de bondir en l'air. Il fit une culbute et, quand il retomba, ce n'était plus un boxer, mais un cheval à la robe rousse, marqué sous les naseaux du huit rosé particulier. Il hennit :

— Je connais des sortilégeoises qui savent tous les potins concernant leur dynastie. Elles pourront peut-être nous dire qui des trois Oneiros soupçonnés est le vrai maldor !

— Je vois de qui tu parles, dit Peccadille. Il y a longtemps que je n'ai pas vu ces charmantes dames.

— Charmantes ? répéta Aix. Peut-être dans le sens où elles sont agréables à fréquenter. Mais pour ce qui est de les regarder…

— Montez ! lança l'étalon en piaffant.

Peccadille souleva les deux jeunes gens, se métamorphosa en selle bariolée à deux places, bondit sur le dos d'Ardor et boucla sa sangle sous son poitrail. Aix serra le pommeau et

Edwin empoigna la bride. Après s'être assuré qu'ils avaient passé les pieds dans la double paire d'étriers, le destrier partit au galop. Au bout des jardins, il bondit sur l'esplanade, puis, tête baissée, il fendit la foule.

Plutôt que de freiner en arrivant au parc-mètre, le pur-sang se transforma brusquement en hamster. Les damoiseaux et la selle retombèrent, mais Peccadille se mua en causeuse bigarrée et amortit leur chute. Le rongeur reprit son apparence canine et plongea la patte entre les deux coussins du canapé.

— Ça ne te gêne pas, Pec? demanda-t-il.

— Fais comme chez toi.

Il sortit une dynamappe. Après quelques manipulations, il annonça que l'itinéraire le plus court pour se rendre à l'Obscure Océane des Céphalhydres comportait une escale dans la strate S-111.

— Que représente cette scène? s'enquit Aix.

— C'est le rêve en cours d'enregistrement d'une dame Legrand. Il se déroule dans un petit marché de village tout mignon.

Edwin frissonna en songeant à la destination finale. D'abord à cause des deux premiers termes désignant l'endroit, qui laissaient supposer qu'il était sombre et plein d'eau. Ensuite parce que le nom de ses occupants lui faisait penser à de grosses têtes hideuses.

— Alors, Eddie, tu viens?

Les autres étaient en position; Ardor trépignait devant le parcmètre, Aix lui tenait une patte et Peccadille, transformée en chapeau melon, reposait sur sa tête. L'éléone lui tendit une main qu'il accepta. Le chien bondit dans la fente à monnaie en y entraînant ses compagnons.

C❂C

Ils jaillirent du pot d'échappement d'une voiture. La strate de Jeanne Legrand représentait une allée bordée de boutiques. Il y avait beaucoup d'animation. Les commerçants s'affairaient à disposer les uns leurs denrées sur des tables, les autres leur marchandise en vitrine. Il faisait très beau. Seuls quelques rares nuages, si minuscules et si bas qu'ils auraient pu passer pour de la neige artificielle accrochée aux corniches, déversaient leur pluie fine. Étrangement, leurs jets précis n'arrosaient que les cageots de légumes et évitaient les corbeilles de fleurs séchées et les plateaux d'épices.

— Peccadille, Ardor, Aix? s'étonna un réverbère à côté d'eux. Que faites-vous dans le Secteur-Sable?

— Salut Bec DeGaz! dit dame Bagatelle. Nous sommes juste en transit.

Le lampadaire alluma sa lanterne et s'inquiéta de la présence d'Edwin.

— Que vient faire un autre rêveur dans cette strate?

— Ne t'en fais pas, il n'a jamais causé d'interférence, dit Aix.

— Ouf! Alors, ne partez pas trop vite: vous allez rire. La rêveuse n'avait rien imaginé; nous avons décidé de nous amuser un peu...

— Coquins! ricana Ardor.

Jeanne Legrand déposa une corbeille de croissants sur l'étal devant sa porte. La fine pluie qui humectait la laitue du commerce voisin se déplaça au-dessus de sa tête et devint averse. La dame s'enfuit et le petit nuage la poursuivit. Les commerçants et les passants continuèrent de s'affairer sans s'étonner. Elle entra dans une boutique dont l'affiche indiquait: «Pâtisserie Legrand». Les acolytes la suivirent.

Par la fenêtre, ils virent un homme sortir de derrière le comptoir et, sans crier gare, lui verser un bol de crème fouettée sur la tête. En éclatant de rire, il abandonna la rêveuse abasourdie et sortit dans la rue.

— Quand quelqu'un à qui tu rêves agit de façon inhabituelle, dit Ardor à Edwin, c'est parce que ton esprit n'a pas fourni d'instruction claire à l'Oneiro qui joue son rôle. Et, quand le scénario manque, certains acteurs profitent de l'occasion pour s'amuser.

— Quelle puérilité, murmura Aix en secouant la tête.

— Ça ne m'est jamais arrivé, annonça Edwin.

L'homme avait remarqué leur présence et il vint à leur rencontre.

— Salut, tout le monde! lança-t-il joyeusement. Vous êtes les nouveaux guides touristiques d'Edwin? Connaît-il dame Legrand?

— Bonjour dame Konay, répondit Aix. Non, aucun de nous ne connaît cette pauvre femme. Nous sommes en route pour l'Obscure Océane. Mais toi, que fais-tu ici? Ne devrais-tu pas être dans le Secteur-Uni?

L'autre abandonna son déguisement pour devenir une femme translucide qui se mit à bégayer:

— M… mais… ne sommes-nous pas dans la strate U-111?…

— Eh non, Eskons! lança Ardor. Tu t'es encore trompée!

L'éléone s'empressa de plonger dans un panier où elle disparut.

— Et bien! s'exclama Aix. Il y a beaucoup d'acteurs ici!

— En effet, approuva le chien. Il doit bien y en avoir une cinquantaine.

— Je n'en vois pas autant que ça… avoua Edwin qui n'avait pas compté dix marchands.

Une soudaine agitation les fit se retourner. Madame Legrand était ressortie et les commerçants s'étaient mis à la bombarder de tomates. Certains fruits se mirent de la partie; plutôt que de s'écraser sur sa tête, ils s'agrippèrent à ses cheveux et lui pincèrent les oreilles. «Des végimaux!» réalisa Edwin. Leur pauvre victime s'échappa en s'arrachant les tomates de la tête et se cacha derrière une poubelle. Le récipient, qui était en fait un activinertien, lui projeta son contenu à la figure. Madame Legrand reprit sa course, passa devant les acolytes sans ralentir et s'appuya sur Bec DeGaz pour reprendre son souffle. L'activinertien pencha sa lanterne pour la saluer et la rêveuse eut si peur qu'elle se réveilla.

Tous les acteurs s'esclaffèrent, ainsi qu'Ardor. Peccadille se roula littéralement par terre, se mit à gonfler et devint vite aussi haute que le réverbère, aussi large que l'allée.

— Ils se sont bien amusés! rigola le chien.

— Pourquoi les acteurs ont-ils plongé cette pauvre femme dans un cauchemar? s'inquiéta Edwin.

— Il ne s'agissait que d'un songe loufoque, dit Ardor. Elle devait être un peu nerveuse au départ. Mais, si elle l'avait été davantage, oui, ils lui auraient concocté un cauchemar, un vrai. Tu ne dois pas mépriser les mauvais rêves, Eddie ; ils sont aussi utiles et plus libérateurs que les bons.

— Quelle est la différence entre un cauchemar organisé par les acteurs et un autre échafaudé par les maldors ? s'enquit le garçon.

— Un mauvais rêve légitime survient pour répondre à un besoin de relaxation, répondit Aix, tandis qu'un cauchemar injustifié ne fait que diminuer les capacités de réaction du dormeur. Il en va de même de toute bonne chose ; consommé avec excès, tout devient néfaste.

Peccadille retrouva sa taille normale et ajouta :

— Il y a une autre importante différence. C'est que dans un cauchemar normal le rêveur est libre de se réveiller quand son esprit juge qu'il est assez détendu. Mais les maldors retiennent leurs victimes qui se réveillent avec une surdose de relâchement, ce qui augmente davantage leur apathie.

Aix tapa dans ses mains et annonça qu'il était temps de libérer la strate.

— Ouah ! Notre sortie est ici.

Ardor bondit dans un rond fleuri et l'éléone le suivit. Edwin regarda les autres Oneiros plonger dans un panier à ordures; c'était la sortie des acteurs. Peccadille le poussa dans le dos. Edwin sauta sur les fleurs et s'enfonça dans la terre molle.

Ils jaillirent d'une pirogue amarrée et atterrirent sur une plage de sable noir devant une étendue illimitée d'eau brune qui bouillonnait comme du chocolat sur le feu. «J'aurais dû m'en douter... se dit Edwin en se crispant. Qu'est-ce que l'Obscure Océane aurait pu désigner d'autre?»

— Voici l'antre du peuple Céphalhydre, annonça Ardor. De gentilles amies à moi – qui en passant sont de célèbres triplées – habitent là une superbe fosse marine. Nous allons leur rendre visite.

Aix frémit à la mention du mot fosse.

— Je refuse de plonger, déclara Edwin en se croisant les bras.

— J'appuie sa décision, ajouta Aix. Nous allons vous attendre ici.

— Vous êtes des trouillards! se moqua l'aiguilleur.

Elle le fustigea du regard et gronda entre ses dents:

— Si tu avais perdu tes parents dans l'effondrement d'un impassonge, tu tremblerais peut-être plus que moi à l'idée d'aller dans une grotte!

Edwin ne savait pas qu'Aix était orpheline ; il ressentit une profonde empathie pour elle. C'était normal qu'elle ne tienne pas plus que lui à s'enfoncer là-dedans.

— Je comprends ta peine et je la partage, lui dit-il doucement. J'ai aussi perdu mes parents.

— Je l'ignorais… bredouilla Aix. Qu'est-ce qui leur est arrivé ?

— Notre voiture est tombée dans le fleuve quand j'avais deux ans et j'ai été le seul à en réchapper. Depuis, je suis troublé chaque fois que je vois un cours d'eau, j'ai une peur terrible des profondeurs et je suis incapable d'immerger ma tête.

— Je ne pouvais pas savoir, Edwin, dit Aix ; tu n'as jamais rêvé à tes parents ni à cet accident, selon les archives. C'est donc décidé ; nous n'irons pas dans l'Obscure Océane !

Piteux, le sieur Kerber courba l'échine en gémissant :

— Pardon… je suis désolé… Mais nous avons pourtant besoin de leur témoignage…

— Ne peuvent-elles pas venir ici ? demanda le garçon.

— Mais oui, dit Aix. Elles remontent si rarement à la surface qu'elles ont le teint vert ! Un peu d'air frais ne leur ferait pas de tort…

202

— Ouah ! Je les appelle !

Cinq minutes plus tard, trois créatures glauques émergèrent de l'eau marron. Elles étaient affreuses avec leurs gros yeux de rapaces, leur corps couvert d'écailles et leurs ailes d'aigle dans le dos. Le pire, c'était leur chevelure qui ondulait en sifflant au rythme de leurs pas : chaque poil était un serpent !

— Des maldors ! hurla Edwin.

Il voulut s'enfuir, mais des pieux boutonneux se fichèrent autour de lui et l'enfermèrent. Lorsqu'il vit une grosse tête orange se replier vers la cage, il réalisa que les barreaux étaient les longs bras garnis de ventouses d'une créature. Il était prisonnier des tentacules d'une grosse pieuvre !

— À l'aide ! Un maldor m'a emprisonné !

— J'ai l'air d'un maldor, moi ? s'étonna le poulpe.

Edwin reconnut la voix d'Ardor, en même temps qu'il remarquait la distinctive tache rose sur ce qui lui tenait lieu de museau. Il soupira.

— N'aies pas peur, Eddie, dit l'aiguilleur. Ces dames sont des amies.

La pieuvre sentit qu'il se calmait et relâcha son étreinte, mais Edwin s'accrocha à ses bras qu'il ne voyait plus comme les barreaux d'une cellule, plutôt comme ceux d'un abri. Une des amies s'avança et lui tendit la main.

Edwin hésita, mais il se rappela qu'il avait promis à dame Sévira d'être courageux. Il allongea le bras et répondit au geste amical de la créature.

— Bonjour, damoiseau. Je m'appelle Méduse Gorgone et voici mes sœurs Sthéno et Euryalé.

Edwin comprit que Céphalhydre était le nom onirique des monstres que la mythologie grecque désignait du nom de gorgones. Mais cette constatation fut loin de le rassurer. Euryalé prit la relève :

— Contrairement aux Oneiros qui naissent d'habitude par couples, les gens de notre famille viennent toujours à la Zone par groupes de trois.

— De même, ajouta Sthéno, à la différence des sortilégeois dont l'un des jumeaux est attirant et l'autre repoussant, nos ancêtres et nos descendantes ont toutes l'apparence que vous nous voyez. Si certains nous trouvent laides, nous nous trouvons très belles. C'est l'essentiel !

— Les gorgone sont célèbres depuis longtemps ! s'exclama Ardor avec admiration.

— Mon peuple les connaît aussi depuis les plus anciennes civilisations, annonça Edwin.

Méduse expliqua que c'était l'apparition de trois de leurs ancêtres dans la strate d'un penseur de l'Antiquité qui avait fait naître le mythe des gorgones. Inspiré par leur chevelure, le philosophe grec leur avait attribué des rôles de méchantes harpies dont le regard pétrifiait tous ceux qui le croisaient, ce qui était tout à fait faux ! Néanmoins fières de ces aïeules, les Céphalhydres tenaient à perpétuer leur renommée et arboraient cette apparence ; elles portaient de plus les mêmes prénoms de mère en fille depuis des générations.

— Mais trêve de palabres ! dit Méduse. Votre temps est précieux et je dois avouer que nous n'aimons pas nous attarder loin de notre cité sous-marine. Voilà ce que nous savons concernant les sortilégeois qui présentent des excroissances métalliques…

Les sœurs Gorgone leur apprirent que le grand-père Gougaud, un individu intègre mais très strict, rempli d'affection mais malhabile à la démontrer, avait tout fait pour transmettre à ses petits-fils sa passion pour les rôles de monstres à moitié serpents. Pour ce faire, il avait organisé des séances de métamorphose auxquelles Gogol et Golon avaient été contraints d'assister dès leur première année. Comme leur apparence n'était jamais assez effrayante au goût du grand-père, il leur racontait des histoires inspirantes, soit les aventures de Guy la Guivre, un boa muni de pattes de cochon et d'ailes de vampire qui assaillait les gens à coups de griffes, ou celles de l'Hydre de Bulle-Grise, un python à sept têtes qui dévorait les damoiseaux. Ces contes faisaient toujours pleurer les jumeaux, espiègles, mais pas cruels le moins du monde.

Les gorgones étaient formelles : comme ils avaient été traumatisés durant leur enfance par les guivres et les hydres, jamais Gogol et Golon n'accepteraient d'incarner de tels rôles.

— Or, d'après ce que m'a raconté Ardor, dit Méduse à Edwin, j'ai cru comprendre qu'un maldor à moitié serpent t'avait attaqué ?

— Exact. C'est une guivre qui m'a enfermé dans le réfrigérateur.

— Ce n'était pas un des jeunes Gougaud, assura Euryalé.

— Quels autres sortilégeois affichent continûment des excroissances de métal ? demanda Aix.

— Il n'y a que Perfi Détorve, soutint Sthéno.

Ces mots déclenchèrent la pagaille. Aix, Ardor et Peccadille communiquèrent en même temps cette information aux sagesonges et aux gardiens, tant à voix haute que par télépathie, ce qui créa toute une cacophonie. Quand ils se calmèrent, le chien tenta de localiser le chef de Bulle-Zénith sur sa dynamappe. Son signal apparut une fraction de seconde, puis il disparut.

— Ouah! Il a compris qu'il était découvert et il est devenu furtif!

— Les gardiens tentent de le retrouver, annonça Peccadille à l'intention d'Edwin.

12

Le repaire secret

Après le départ des gorgones, Edwin vit ses acolytes sursauter. « Ils reçoivent un message », se dit-il. L'instant d'après, les sourcils d'Ardor se soulevèrent avec effarement, Peccadille fondit comme un glaçon au four et Aix devint cramoisie.

— L'ont-ils attrapé ? demanda Edwin.

Le chien secoua la tête gravement et lui murmura à l'oreille :

— C'est le signal du sieur Nocturn ; il s'est éteint tout de suite après celui de Perfi Détorve…

— Non ! s'écria Aix avec colère. C'est faux !

Rageuse, elle demanda aux aiguilleurs s'ils savaient que Soucougnan était suspecté. Gênés, ils bredouillèrent que oui. Elle s'emporta :

— Personne ne m'avait dit qu'il était soupçonné ! Si je l'avais su, jamais je n'aurais accepté de participer à cette battue! Papi ne peut pas être un maldor!

«Papi? s'étonna Edwin intérieurement. Soucougnan Nocturn est son grand-père?» Il se rappela les paroles de la jeune fille lors de leur première rencontre: «*Je me présente, Aix Nocturn...*» Il la regarda avec méfiance. Elle semblait pourtant intègre. «Elle est intègre! se dit-il aussitôt. Je ne dois pas la rejeter pour des actes commis par quelqu'un d'autre.»

— Comment aurait-il disparu, sinon? demanda avec douceur Ardor à la damoiselle.

— Je l'ignore. Mais je sais que ce n'est pas un maldor. Personne ne le connaît mieux que moi... à part ma grand-mère et Carus Philein, bien sûr, et je suis sûre qu'eux aussi sont convaincus de son innocence.

Elle demanda aussitôt par télépathie:

— N'est-ce pas, parrain?

— C'est ce que je souhaite du fond du cœur, ma chérie. Mais pour convaincre les autres il faudra démontrer son innocence hors de tout doute. Voilà pourquoi j'ai voulu que tu te joignes aux recherches.

Elle fixa l'horizon d'un air résolu et transmit:

— Nous allons trouver le coupable et blanchir papi! Je le jure sur le souvenir de mes parents!

Edwin, qui n'avait rien entendu de leur entretien mental, en devina la teneur d'après l'expression d'Aix qu'il vit passer de la colère à la détermination. Ce fut donc une petite éléone convaincue et autoritaire qui déploya sa dynamappe et commanda à l'instrument :

— Montre-moi comment aller à l'endroit où se trouvait papi avant de disparaître.

En voyant ce qui s'afficha sur le petit écran, elle s'exclama :

— Notre repaire secret se trouve tout près de là ! C'est sûrement là qu'il est allé. Venez.

Edwin et Ardor roulèrent des yeux inquiets et Peccadille se dégonfla. Le garçon redoutait la rencontre avec un géant qui haïssait les humains, à plus forte raison s'il s'agissait de l'Ombre Mauve. Les aiguilleurs, sachant qu'il n'y avait pas d'éléon plus antisocial que Soucougnan, appréhendaient de l'affronter sans préparation.

Aix contourna la pirogue et plongea dans un trou de crabe. Malgré leurs craintes, les trois autres l'imitèrent. Si le doyen-aiguilleur était innocent, ils seraient fiers de le démontrer. Sinon, ils auraient la chance d'arrêter un maldor… s'ils échappaient à sa colère.

Ils surgirent au coin d'un terrain de jeux où la pelouse formait un immense damier vert aux cases en alternance foncées et claires. À la suite d'Aix, ils quittèrent le parc, franchirent un pont étroit suspendu au-dessus d'une rivière tumultueuse et prirent un sentier qui s'enfonçait dans la jungle. Une voix fusa, en provenance de l'obscurité devant eux :

— Troupe, nous allons anéantir ces insolents au teint d'ivoire !

— Oui, sire ! lancèrent d'autres voix. Nous allons les écraser, les engloutir, les réduire à néant !

Leurs cris alertèrent Edwin. Il vit bientôt seize individus très minces et tout noirs jaillir de la pénombre. La moitié d'entre eux, des pygmées, l'entourèrent.

— Des cannibales ! Fuyons ! lança le garçon.

Les nains efflanqués s'esclaffèrent, imités par Peccadille et Ardor. Éberlué, Edwin se tourna vers les aiguilleurs.

— Ce n'est que l'équipe des noirs ! pouffa le ballon en grossissant. Ce sont des activinertiens.

— Nous allons à notre joute quotidienne contre les blancs, annonça un des petits personnages.

Il s'agissait en fait d'un rondin d'ébène sculpté qui ressemblait à une poivrière géante. D'autres sculptures s'avancèrent ; deux tourelles au faîte crénelé, une paire de têtes chevalines, deux autres poivrières plus grandes que les premières et enfin deux grandes statues couronnées, l'une effilée, l'autre plus étoffée.

— Des pièces d'échecs ! reconnut Edwin.

— Nous sommes les noirs, répondirent les fous en chœur.

— Nous sommes les meilleurs ! ajouta une tour.

— Ça aurait été un plaisir de parlementer, dit le roi, mais nous devons aller au combat.

— Oui, renchérit la reine, les blancs n'apprécieraient pas que nous soyons en retard.

— Bonne chance ! leur souhaita Peccadille.

— Ce n'est pas la chance, qui nous fera gagner, c'est la stratégie ! répondit un des cavaliers.

— Nous sommes les plus forts ! s'exclamèrent les huit pions en repartant vers le terrain de jeu en damier. Nous allons écraser les blancs, les engloutir, les réduire à néant !

Edwin et les aiguilleurs coururent rejoindre Aix qui ne les avait pas attendus.

— Où nous emmènes-tu, damoiselle ? s'enquit le chien en arrivant à sa hauteur.

— À Morphëländer.

— Chic ! s'exclama le ballon en bondissant. Il y a longtemps que je n'ai pas vu mon cousin. Tu vas voir, Eddie, le palais d'Anthropo Morphê est une pure merveille !

Ils arrivèrent dans une clairière où s'élevait une grande tour de bois. Ardor devint une belette roussâtre et sauta sur l'épaule du garçon. Peccadille se mua en un long câble, lança une de ses extrémités au sommet de la construction et enroula l'autre autour de la taille des damoiseaux, qu'elle hissa aussitôt.

La plateforme dominait les cimes. Edwin scruta l'horizon. Il n'aperçut que des arbres et la clairière où se trouvait le terrain d'échecs. Aucun château. Ardor lui dit :

— Nous allons emprunter l'arrêt-passonge du mirador.

Dans un coin se trouvait une caisse enregistreuse posée sur un guéridon. Aix consulta les touches du clavier et en enfonça une. L'appareil délivra un reçu et son tiroir-caisse s'ouvrit. L'éléone plongea dans le compartiment à monnaie. Ardor et Peccadille la suivirent, en entraînant le garçon qui avait lu au passage « *Parc de Morphêländer* » sur le billet et qui souhaitait ardemment ne pas atterrir dans un parc aquatique…

Edwin jaillit de la bouche d'un baobab en béton sur lequel on avait appliqué des accessoires qui figuraient les traits d'un visage burlesque. Les aiguilleurs émergèrent des orifices d'un gros nez, tandis qu'Aix sortit de la pupille d'un œil énorme. Ils atterrirent sur une terrasse surmontée d'un toit de feuilles de plastique, lesquelles représentaient les cheveux d'un autre faux arbre qui arborait un visage caricaturé. Des escaliers partant de cette plateforme menaient à d'autres paliers couverts qui servaient de perruques à d'autres baobabs factices.

— Bienvenue au village dans les arbres! dit Peccadille en reprenant son apparence de ballon. Le château de mon cousin se trouve à moins d'un kilomètre d'ici.

Désireux de le voir, Edwin gagna la plus haute plateforme. Il se crut de retour au bosquet de l'île Sainte-Hélène. Devant lui s'étendaient un grand nombre d'attractions foraines aussi remarquables par leurs dimensions que par leur décoration. Morphêländer était un immense parc à côté duquel La Ronde aurait eu l'air d'une maison de poupée. Au milieu des manèges s'élevait le palais. Avec ses murs de briques d'or, ses dizaines de tours élancées surmontées de fanions colorés et ses toits pointus aux tuiles d'améthystes, il était magnifique.

Edwin aperçut Aix sur le pont-levis. Elle ne les avait pas attendus. Il s'apprêtait à dévaler l'escalier quand il fut happé par un aigle aux plumes fauves et au bec marqué d'une tache rose. Ardor le rapace rattrapa un deltaplane multicolore et, quelques secondes plus tard, ils se posèrent sur la passerelle, derrière la damoiselle.

Peccadille redevint ballon, accéléra et passa la première les grandes portes du château. Lorsqu'ils firent irruption dans le hall, les quatre amis furent accueillis par le souriant propriétaire des lieux, un court activinertien figurant une poupée en caoutchouc au corps d'enfant surmonté d'une énorme tête de souris aux grandes oreilles noires et rondes. Vêtu d'un short rouge à gros boutons, il portait des chaussons jaunes et une paire de gants blancs. Edwin sourit au personnage mignon comme tout qu'il lui sembla connaître depuis toujours.

— Je vous présente mon cousin Anthropo Morphê, déclara l'aiguilleuse en bondissant de joie.

— Je suis séduit par votre château, sieur Morphê ! dit Edwin. Il m'en rappelle un autre, très célèbre chez moi. Mais, c'est étrange… J'aurais cru que vous vous seriez appelé Mickey…

— Tu es perspicace, dit l'activinertien ; cette souris et moi avons beaucoup en commun.

Il raconta qu'il avait construit son palais un quart de millénaire auparavant en s'inspirant d'un conte de Charles Perrault qui s'intitulait *La Belle au bois dormant*. Un siècle plus tard, le roi Louis II de Bavière, en visite dans la Zone onirique et de passage à Morphêländer, était tombé sous le charme de l'habitation et avait décidé d'en construire une réplique dans la réalité. Ainsi était né le somptueux *Neuschwanstein* au milieu des montagnes allemandes perdues dans les nuages.

— J'étais jeune alors et je n'avais pas choisi ma forme finale, poursuivit Anthropo. Je passais donc d'une apparence à une autre sans me fixer sur un objet en particulier. C'est il y a environ quatre-vingts ans que j'ai fixé mon apparence définitive, après avoir souvent joué la comédie dans les songes d'un certain Walter Elias Disney, un jeune homme très imaginatif qui aimait me faire prendre cette amusante forme de souris.

— Walt Disney ! s'émerveilla Edwin. Vous avez eu la chance de le rencontrer !

— Sans vouloir me vanter, je dirais que c'est lui qui a eu de la chance ; il a pu tester ses idées sur moi. Mais je dois avouer que c'est grâce à lui que j'ai adopté cet aspect.

— Te rends-tu compte, Aix ? dit Edwin. Nous sommes en présence du premier Mickey qui ait été créé par le grand pionnier du dessin animé ! C'est extraordinaire… Aix ? Où es-tu ?

Ils ne virent l'éléone nulle part. Ardor s'envola et sortit.

— Elle va aux rapides! annonça-t-il du haut des airs par télépathie à sa consœur.

Dame Bagatelle salua son cousin, se transforma en flèche, piqua le col d'Edwin et fila par la porte cochère arrière.

Ils survolèrent les jardins du palais et se posèrent sur la berge d'une étrange rivière qui, bien qu'agitée par un important courant, ne prenait sa source nulle part et ne se jetait dans aucun autre cours d'eau. Elle finissait comme elle commençait, en queue de poisson. Malgré cela, elle coulait impétueusement et au milieu de ses rapides flottait, immobile, un navire battant pavillon noir à tête de mort.

«Un vaisseau de pirates… frissonna Edwin. J'espère qu'ils n'ont pas enlevé Aix!» Il chercha son amie des yeux, mais ne la vit nulle part. Il faut dire qu'il y avait tant de monde sur le pont – l'équipage entier semblait se trouver là – et qu'il y régnait une telle agitation – tous les marins se battaient entre eux – qu'il aurait eu du mal à voir une baleine s'il y en avait eu une à bord.

Comme il n'y avait pas d'autre embarcation, Edwin pensa qu'il assistait à une mutinerie et non à un abordage. La révolte n'était pas étonnante, à voir les sinistres mines des forbans, qui avaient tous des têtes dignes d'être livrées au gibet ou aux requins. Justement, Edwin vit une forêt d'ailerons noirs encercler le bateau dans l'espoir qu'un mutin tomberait à l'eau.

Il leva les yeux et vit la damoiselle. Et il cessa de respirer. Les bras écartés, Aix jouait à l'équilibriste sur le bastingage du vaisseau pirate. Aucunement impressionnée par la bagarre qui faisait rage, elle se dirigeait vers l'arrière du navire sans se préoccuper des flibustiers armés de mousquets, de couteaux et de sabres, lesquels ne faisaient heureusement pas davantage attention à elle. Témoin de sa témérité folle, Edwin écarquilla les yeux d'horreur.

— Ces pirates ne sont que d'inoffensifs automates, Eddie, le rassura Ardor.

Les aiguilleurs s'élevèrent à nouveau en emportant le garçon et se posèrent sur la passerelle de navigation. Peccadille retrouva ses formes rondes et l'oiseau reprit du chien. Autour, les corsaires mécaniques continuaient de se battre sans leur accorder un regard.

— Où est passée Aix? s'enquit Edwin.

— Dans l'entrepont, répondit Ardor. Elle gagne les cabines.

Ils la rejoignirent dans la chambre du capitaine, qui était vide.

— Tout est comme nous l'avons laissé la dernière fois… soupira la jeune fille.

Elle entreprit de fouiller la cabine. Elle inspecta l'armoire de fond en comble, regarda sous la table et derrière l'armure qui ornait un coin. Ne trouvant rien, elle se tourna vers le lit aussi haut que la table, dont le matelas reposait sur deux rangées de tiroirs qu'elle ouvrit l'un après l'autre d'un geste rageur. Elle chiffonna les vêtements qui, Edwin le remarqua, étaient tous bleu rougeâtre ou rouge bleuâtre. Elle ne trouva personne, ainsi qu'Edwin s'y attendait. Aix laissa couler des larmes de déception. Malgré eux, les autres soupirèrent de soulagement.

— J'étais pourtant certaine que papi serait venu ici… gémit-elle.

Peccadille se transforma en courtepointe. Elle enveloppa doucement la damoiselle et l'emporta sur le pont. Sans mot dire, le chien et le garçon les suivirent.

☾ ✶ ☾

Quand le bois arrêta de craquer et qu'on n'entendit plus que le cliquetis des épées, signe que les visiteurs avaient quitté le navire, l'armure qui se tenait, rigide, dans le coin de la cabine souleva sa visière et retira son heaume. L'individu caché à l'intérieur se débarrassa des gantelets, du hausse-col, du plastron, des brassières, des cuissards et des solerets pointus. Il s'approcha d'un hublot, écarta le rideau et suivit du regard les damoiseaux emportés par les aiguilleurs. Quand il les vit redescendre sur la forêt artificielle, il soupira. Il reprit sa taille normale, prit une cape dans un des tiroirs en pagaille et l'enfila. Puis il se rassit à la table, extirpa ses outils et se remit au travail.

☾ ✳ ☾

Les visiteurs ressurgirent de l'arrêt-passonge du mirador. En contrebas, Edwin vit que toutes les pièces blanches du jeu d'échecs, sauf la plus grande, gisaient de part et d'autre du quadrillage. Les noirs avaient donné toute une raclée à leurs adversaires d'ivoire et ils ne tarderaient pas à obtenir la capitulation du roi.

— Rentrons! lança Aix bourrue, sans s'intéresser à l'échiquier.

Elle considéra les touches de la caisse enregistreuse et bougonna:

— Cette fichue camelote ne nous propose même pas de trajet sans escale vers la capitale! Pff!

Elle frappa une touche. L'appareil effectua un calcul et libéra un ticket qui afficha « *Zooo-neiro* ». Le tiroir s'ouvrit. L'éléone plongea dans la monnaie et s'y enfonça. Elle arriva dans un parc zoologique. Comme dans les jardins d'acclimatation terrestres, il y avait là toutes sortes d'animaux rares et exotiques. Mais ici, plutôt que d'être confinés à des enclos conditionnés rappelant leur milieu biologique, chaque groupe possédait un territoire sans clôture sorti tout droit de son habitat naturel. Au zoo onirique, il n'y avait que du vrai, rien d'artificiel, et tous étaient libres. Les seules limites étaient les frontières sans barrière qui marquaient la fin d'une contrée et le début de sa voisine.

Le garçon et les aiguilleurs sortirent d'une haute termitière, entre trois girafes, deux zèbres et un éléphant qui mâchouillaient des feuilles. Habitués aux visiteurs, les mammifères ne leur prêtèrent aucune attention. Edwin chercha Aix. Il ne la vit pas près de la mare où s'abreuvait un groupe d'antilopes et où des rhinocéros prenaient leur bain, mais il la trouva du côté d'un étang salé où des flamants roses pêchaient la crevette.

D'un pas rapide, elle quitta la savane humide de ce biotope et passa dans un climat polaire. L'Arctique et l'Antarctique étaient adjacents. À droite s'étendait une banquise où tombait une neige folle sur des pingouins qui voletaient devant des morses endormis. À gauche s'élevait un glacier baigné de soleil que dévalaient en glissant des oiseaux courtauds noir et blanc qui ne savaient pas voler. Aix escalada le piton des manchots. Ardor s'élança vers elle.

Comme il s'apprêtait à les rejoindre, Edwin entendit une conversation non loin de lui. Il tourna la tête et vit des hyènes, des lionnes et des panthères couchées en contre-haut, devant une grotte qui surplombait les deux étendues d'eau. Un buisson à l'entrée de la caverne se retourna et lança vers l'antre :

— C'est ça, et on verra bien qui en aura récolté le plus ! Salut !

Dès qu'il vit ce végétal dont une moitié était grise et sans feuille, Edwin sut qu'il s'agissait de Terribelle Angoisse. Sans bruit, il attira l'attention de Peccadille qui retransmit aussitôt l'information aux deux autres par télépathie. Surprise, Aix dévala la pente glacée et fonça sur un phoque qui couina. Alertée, la maldore se mua en gazelle à une seule corne, bondit dans la lagune des échassiers et disparut parmi les petits crustacés.

Edwin fit signe à Aix et à Ardor de s'occuper de celle-là. Il murmura à l'intention de Peccadille :

— Allons inspecter la grotte ; je suis sûr qu'un autre rebelle s'y cache !

Le ballon se mua en un gros avion de papier bariolé et l'emporta jusqu'au repaire des carnassiers. Les charognards les accueillirent avec de sinistres ricanements, les félins feulèrent, mais les bêtes s'écartèrent pour les laisser passer.

13

Arrestation

L'étroite cavité se terminait sur un passonge qui les transporta dans une jungle humide, dense et sombre. Un frisson parcourut l'échine d'Edwin.

— Où sommes-nous?

Du corps de Peccadille redevenue ballon sortit un gant tenant un disque qu'elle lui tendit.

— Nous sommes dans le songe en cours d'enregistrement d'un certain Marin Daudousse. Tiens, prends ma dynamappe pour t'orienter.

Devant eux s'élevait un manoir abandonné depuis des lustres, couvert de végétation. Ils se frayèrent un chemin entre les lianes et les fougères et accédèrent à la demeure seigneuriale. L'air était si lourd et l'obscurité si profonde qu'Edwin eut l'impression qu'il venait d'entrer dans un sauna privé d'éclairage. À mesure que sa vue s'habituait, il constatait la décrépitude de l'endroit.

La nature avait repris possession des lieux, en dedans comme en dehors, si bien qu'à l'intérieur la flore hétéroclite formait une voûte bien compacte. Des lianes pendaient du plafond, entrelacées en un mélange de mousse et de feuilles, et des arbres aux troncs larges comme des voitures jaillissaient du sol pour aller trouer le toit. Le plancher avait fait place à un terrain marécageux où un tapis de joncs flottait sur une mare boueuse. Comme Edwin essayait de faire un pas sans trébucher, un hurlement retentit qui les fit sursauter, Peccadille et lui.

— Je crois que le sieur Daudousse est aux prises avec un mauvais rêve, nota le ballon.

— Les cauchemars sont-ils vraiment nécessaires?

— Absolument! Ils servent à décharger les humains de leurs émotions. Quand un dormeur crispé arrive dans une strate, les Oneiros perçoivent son stress et lui organisent un songe qui l'aidera à se décontracter. Plus un individu est nerveux, plus son rêve sera terrible. C'est comme vos sirops contre la toux; les plus efficaces ont le plus mauvais goût…

Un nouveau cri leur parvint, si lourd de détresse qu'il fit se hérisser les cheveux du garçon, ainsi que les pores du ballon qui eut soudain l'air d'un gros oursin. Edwin étudia la dynamappe et annonça que le rêveur et les acteurs étaient dans une autre pièce, au-delà du marais. Peccadille se métamorphosa en carpette aux coloris variés.

— Monte, nous allons traverser plus vite.

Edwin s'allongea et le tapis vola vers le lieu d'où leur étaient parvenus les effroyables cris.

Il y avait tant de végétaux qu'il était difficile de croire que le rêve se déroulait dans un castel. Guidée par les braillements qui retentissaient à intervalles réguliers, Peccadille survola le marécage à travers un labyrinthe de voûtes feuillues. Passé un dernier rideau de lianes, ils débouchèrent dans une lugubre clairière. Où s'était jadis trouvée la bibliothèque, les rayons de livres étaient devenus des parois couvertes de plantes… mouvantes. Bien qu'il n'y eût aucun souffle de vent, les feuilles s'agitaient et les lianes se balançaient. Et il n'y avait pas qu'elles qui grouillaient, mais aussi d'énormes araignées velues, de longs serpents, des scorpions gros comme des bouteilles de vin et bien d'autres bêtes inconnues, mais tout aussi hideuses.

Un chalutier échoué sur un monticule de bouquins moisis s'étendait d'un coin à l'autre de la pièce. Sur le pont envahi par la végétation et les bestioles se tenait le rêveur. Vêtu d'un bermuda à pois, Marin ·Daudousse hurlait chaque fois qu'un animal frôlait ses pieds nus ou qu'une branche l'égratignait.

« Quel rêve horrible ! songea Edwin. Le pauvre devait être très nerveux en s'endormant. » Il était impressionné de se trouver à l'intérieur du cauchemar d'un autre. Mais, grâce aux noms affichés sur la dynamappe sous les plantes et les bêtes, il savait qu'il ne s'agissait que d'inoffensifs végimaux et que l'homme n'avait rien à craindre, en réalité. Peccadille le fit descendre au sec et s'étonna :

— Il y a beaucoup trop d'acteurs. C'est anormal. Combien en comptes-tu, Eddie ?

Il considéra la dynamappe où tant de noms s'affichaient qu'elle ressemblait à une table astronomique ; il fut incapable de faire le décompte. Mais il songea à la façon dont Carus Philein utilisait la dynamappe magistrale et une idée lui vint à l'esprit.

— Combien y a-t-il d'Oneiros dans cette strate ? demanda-t-il à mi-voix à l'appareil.

La réponse s'afficha aussitôt à l'écran.

— Il y en a trois mille cinq cents quatre-vingt-dix-neuf ! annonça-t-il d'une voix étouffée.

— C'est bien ce que je disais ; ce n'est pas régulier !

Un harpon à trois pointes apparut soudain derrière le sieur Daudousse et le darda sauvagement.

— Et voilà maintenant un activinertien qui rudoie le rêveur, annonça Peccadille.

Edwin demeurait penché sur la dynamappe; il préférait y suivre l'action plutôt que de se concentrer sur la réalité qui se déroulait devant eux; il faisait sombre dans la pièce et on y voyait mal, tandis que l'image virtuelle montrait tout clairement en vert fluo. Le garçon ne vit que le rêveur, des animaux et des plantes; aucun objet autre que son amie. En levant la tête, il vit en effet un trident s'attaquer cruellement au sieur Daudousse. Le rêveur écarquilla les yeux en gémissant et se mit soudain à bâiller.

— Il en a assez; il est prêt à se réveiller, constata Peccadille.

— Enfin! se réjouit Edwin.

À ce moment, une lumière orange émana du harpon et paralysa le rêveur.

— Hé! s'offusqua Peccadille. Il est interdit d'empêcher quelqu'un de bondir de réveil! Qui est donc cet Oneiro hors-la-loi?

Elle consulta la dynamappe, où n'apparaissait toujours aucun objet, à part elle. Edwin plissa les yeux pour affiner sa vue. Il remarqua alors une autre dent très courte sur l'instrument, un chicot. Il s'agissait donc d'une fourche amputée d'une de ses quatre pointes !

— C'est une maldore ! souffla-t-il.

Peccadille se raidit avant de s'écrier :

— Ilya Unmachin ! Baisse ton arme immédiatement et rends-toi !

Les acteurs s'immobilisèrent et regardèrent le ballon qu'ils n'avaient pas vu arriver. La fourche se retourna en même temps qu'eux. Libéré du faisceau lumineux, Marin Daudousse se réveilla et disparut aussitôt. Dès qu'elle reconnut Edwin, la maldore replia ses piques pour se transformer en crochet d'abordage et bondit.

Elle atteignit le sommet du mât où elle se ficha non seulement dans le bois, mais aussi dans la patte d'une tarentule qui hurla. Edwin grimpa sur le bateau et, malgré les protestations de Peccadille, il entreprit d'escalader le mât. Le tapis, plutôt que de se ruer sur le grappin, décrivit des cercles autour du garçon. Sans se préoccuper de la végimale souffrante, Ilya Unmachin s'élança à nouveau, écorchant au passage lianes et reptiles. À ce moment, le manoir, l'embarcation et son gréement disparurent. Edwin se retrouva sans rien dans les mains pour se retenir et il tomba. Mais Peccadille avait prévu le coup ; elle fonça et le cueillit au vol. La strate abandonnée par le rêveur n'étant plus alimentée par son imagination, elle s'était vidée de son décor. Ils n'eurent aucun mal à localiser la rebelle. Elle avait presque atteint une cheminée de verre qui émergeait du sol.

— Il ne faut pas qu'elle s'échappe! lança Edwin.

Peccadille s'enroula autour de lui et fila comme un missile. Le garçon s'agrippa au rebord du tapis pour ne pas glisser. La tête dans l'ouverture du rouleau de moquette, il vit se rapprocher l'ennemie à toute vitesse. En les voyant foncer sur elle, Ilya Unmachin comprit qu'elle ne pourrait pas leur échapper. Elle se retourna pour faire front.

Le rêveur n'étant plus là, les acteurs n'avaient plus de raison de rester. Néanmoins, ils s'attardaient. Eux aussi avaient maintenant identifié la maldore et ils hésitaient entre partir et prêter main-forte aux poursuivants de celle qui, ils l'avaient compris trop tard, les avait tous bernés.

Unmachin abandonna son apparence de crochet pour devenir une hallebarde. L'arme portait au bout de son long manche une pique de fer triangulaire dont les ailes tranchantes se prolongeaient, l'une en pointe droite, la seconde en lame incurvée comme une serpe et l'autre en se recourbant tel un hameçon capable de ferrer un requin. Une brisure nette indiquait qu'elle avait déjà compté un quatrième fer latéral, mais qu'il avait été cassé. Edwin tentait d'imaginer la forme de la terminaison manquante quand se produisit la collision. Il roula sur le sol avec dans les oreilles le froufrou du tapis qui se déroulait et s'étalait. Un bruit de quincaillerie qui s'éparpille sur de la céramique domina aussitôt ce murmure. Edwin leva la tête et vit la hallebarde rebondir en tournoyant. Tous trois se relevèrent aussitôt. La lance se prépara à contre-attaquer et les acolytes se mirent en garde.

Réalisant à quel point la maldore était vive, les acteurs trouvèrent plus sage de rapporter la situation à leur supérieur et de regagner le noyau. Ils filèrent vers les passonges.

La hallebarde se rua sur le garçon, mais le tapis se jeta devant et se transforma en un bouclier multicolore qui absorba le choc. Ilya se transforma en maillet de plomb garni de trois pointes de fer et fonça. Peccadille se mua en une massue aussi colorée qu'un bonbon et elle accusa le coup sans fléchir. Aussitôt, la plommée se métamorphosa en fouet à trois queues et riposta. Dame Bagatelle se changea en boule de quille, sur laquelle s'abattirent les lanières de cuir du fouet en faisant ploc comme s'il s'était agi d'un coup de cravache dans l'eau.

Ne sachant comment aider son amie, Edwin ne pouvait qu'assister au combat, à l'écart. La bataille se poursuivit de longues minutes sans qu'aucune des deux Oneiras ne prenne le dessus.

Ilya Unmachin chargea sous la forme d'une dague privée d'un de ses quatre tranchants et l'autre, devenue baïonnette, l'accueillit avec une volte qui fit changer de cap la courte épée, laquelle fila vers le garçon. Incapable de la rattraper, Peccadille retint son souffle, sûre de voir le damoiseau bondir de réveil sous le choc.

En voyant ce projectile foncer sur lui, Edwin, qui avait souvent joué au baseball, n'eut qu'un réflexe : il leva la main en y faisant apparaître un épais gant de cuir et paf! À sa grande surprise, il vit la lame s'y écraser en formant une boulette. Il fit vite disparaître le gant, referma les doigts et emprisonna sa prise fermement. Dame Unmachin se mit à crier et à vibrer, mais elle fut incapable de se sortir de sa poigne solide.

— Chapeau, Eddie! s'exclama la baïonnette en se fichant dans le sol devant lui. Tu es stupéfiant! Quel exploit! Vraiment, tu m'épates!

— Hii, hii, hii! Rrr, rrr, rrr!

Edwin et Peccadille furent accueillis par les cris hilares des hyènes et les ronronnements des lionnes et des panthères. L'aiguilleuse se mua en fusée en englobant dans son fuselage le garçon et sa prisonnière. Elle délaissa le repaire des carnivores, fila au-dessus de la mare où les grands échassiers roses levèrent tous une patte pour les saluer et passa devant la banquise de l'Arctique où les oiseaux vêtus d'habits de cérémonie à queue-de-pie battirent des ailes en signe d'admiration. En un geste de victoire, Edwin leva la main qui tenait la maldore et les applaudissements redoublèrent. Peccadille et son passager se posèrent au sommet du pôle Sud. Les manchots les escortèrent en sautillant jusqu'à la crevasse qui menait au vestibule de la tour du conseil.

Une seconde plus tard, ils atterrirent devant la fontaine, juste derrière Aix et Ardor qui venaient d'en jaillir. Voyant que le garçon avait capturé dame Unmachin, la damoiselle ne trouva aucun mot et le considéra, la bouche ouverte de stupeur et d'admiration.

— Ouaouh! s'exclama le chien. Quelle capture! Bravo, Eddie! Heureusement que nous t'avons dans notre équipe!

— Où est Terribelle Angoisse? s'enquit le garçon.

— Elle a réussi à nous échapper, marmonna Aix en rougissant.

Il vit Ardor lui décocher un regard bizarre et s'étonna. L'aiguilleur expliqua :

— J'ai réussi à bloquer tous les assauts de Terribelle. Je vous l'avais bien dit, que j'étais le plus rapide des Oneiros ! Mais je ne comprends pas ; elle résistait à mes attaques et aucun de mes tirs ne parvenait à la neutraliser. Bref, nous étions de force égale et il semblait qu'aucun de nous ne pourrait l'emporter. Mais Aix est entrée en jeu. Elle a extirpé son rayon-attractoir et a immobilisé dame Angoisse : clic ! C'était gagné… ou presque.

Il jeta à nouveau un drôle de coup d'œil à l'éléone, dans lequel se mêlaient la moquerie et la déception. Aix pencha la tête et marmonna :

— Je suis désolée de m'être laissée emporter…

Elle leva ses yeux dépités vers Edwin et expliqua :

— J'étais frustrée qu'un maldor se fasse passer pour mon grand-père ; j'ai ordonné à Terribelle d'avouer qui était l'Ombre Mauve. Elle a ainsi découvert ma faiblesse et m'a susurré que mon papi n'était pas fier que je cherche à le trahir. J'ai embarqué dans son jeu et j'ai laissé éclater ma colère. C'était ce qu'elle attendait. Elle a profité de mon inattention, s'est délivrée et a fui.

— J'efface cette maladresse, dit le sieur Kerber. Tu te reprendras la prochaine fois.

Edwin posa sa main libre sur son épaule et la consola:

— Ardor a raison; tu pourras sûrement te rattraper.

Il esquissa un sourire en coin et ajouta avec entrain:

— Tu es presque aussi forte que moi, dis donc! C'est pas mal, pour une simple Oneira...

Sa remarque produisit l'effet désiré et la fit sourire. Ardor se remit à cabrioler; il fit s'ouvrir le double battant. Ils passèrent le portail ensemble, dévalèrent les marches du podium et se retrouvèrent devant les sage-songes. Comme ils avaient déjà été informés par Peccadille de la fameuse capture d'Edwin et par Ardor de la non moins fameuse quasi-réussite d'Aix, ils les attendaient.

— Nous sommes fiers de vous! lança Carus Philein avec chaleur.

En voyant la gêne qui s'affichait sur le visage de sa filleule, il dit:

— L'erreur est onirique, ma chérie. Tu as fait de ton mieux et cette bévue n'enlève rien à ton exploit.

Il se tourna vers Edwin et ajouta :

— Jeune Robi, bravo, bravo et encore bravo !

Le grand-sagesonge se tourna alternativement vers chacune de ses consœurs qui attendaient avec impatience, la tortue en se dandinant d'une nageoire postérieure à l'autre, l'horloge en faisant entendre son battement nerveux. Elles accueillirent les jeunes gens, l'une en les écrasant contre sa carapace, l'autre en les entourant de ses balanciers pour les plaquer sur son coffre d'ébène. Edwin faillit laisser tomber son trophée de chasse. En le voyant jeter un regard inquiet à la boule qui grondait sous ses doigts, dame Sévira s'exclama :

— Dong ! La voilà donc, celle qui fait honte à notre belle dynastie !

Elle se pencha vers le poing d'Edwin et toisa le peu qui dépassait de l'activinertienne, ses impressionnantes aiguilles à onze heures cinq. Elle ralentit le balancement de ses contrepoids, tout en amplifiant le son de son double tic-tac jusqu'à ce qu'il ressemble à un battement de tambour de guerre.

— Pitié ! bafouilla la maldore en vibrant de peur.

— Gong ! Parce que tu en as eu, toi, de la pitié pour les pauvres rêveurs ? Je vais t'en faire voir, moi, de la pitié. Quand j'en aurai fini avec toi, tu vas faire tellement pitié qu'un termite ne trouvera même plus une miette à manger chez toi !

— Hum, Lavisée, calme-toi, dit Carus Philein.

Ils marchèrent jusqu'aux trônes. Dame Mambonne observait Aix et Edwin sans mot dire. Son chef le remarqua et lui demanda ce qu'elle avait.

— Eh bien, c'est que je n'arrive pas à comprendre comment de si jeunes damoiseaux ont pu vaincre si facilement ces maldores, qui n'avaient pourtant pas bronché sous les puissants coups des aiguilleurs.

L'éléone et le garçon se jetèrent un regard empreint à la fois de fierté et d'incompréhension. Car, ils devaient l'avouer, la tortue avait trouvé les mots justes pour qualifier leur performance : inexplicable, mais facile ! Leur réflexe avait été si naturel qu'ils ne comprenaient pas comment ils avaient pu immobiliser leurs vigoureuses ennemies.

— Il est évident, dit Carus Philein, que c'est l'explosion de puissance qui faisait rage au moment de leur naissance qui les a dotés de pouvoirs spéciaux. Le bouleversement aura au moins servi à ça !

— Bing ! Oui, réjouissons-nous de la situation qui nous livre Ilya Unmachin !

Maintenant, relâche-la un peu, damoiseau, pour qu'elle puisse parler.

— Mais… hésita Edwin. Je ne voudrais pas qu'elle s'échappe !

— Attends, dit Aix qui avait retrouvé son assurance. Je vais t'aider.

Elle sortit son rayon-attractoir, l'alluma en pointant le sol et lui signifia de lancer la balle en l'air. Edwin s'exécuta et, d'un geste adroit, l'éléone la captura dans son faisceau. En jouant avec l'intensité de son instrument, elle déposa la maldore devant les sagesonges et lui laissa juste assez de latitude pour qu'elle puisse parler, mais sans avoir la possibilité de bouger.

14

Emprisonnement

Dans la salle du conseil, l'interrogatoire de dame Unmachin allait commencer, quand les sagesonges furent interrompus par un centaure qui surgit d'une mosaïque en poussant des hi! et des ha! et qui galopa vers eux.

— Rien ne va plus dans la strate H-101! lança-t-il.

L'intervention soudaine de cet homme très strict, d'habitude à cheval sur les principes, coupa le sifflet à tous, y comprit à dame Sévira qui se retint de lui reprocher son entrée fracassante. Bruni Basané, le gardien du Secteur-Hâlé, frappa ses poings sur son torse et piétina le sol de ses sabots. Il annonça :

— Il y a quelques minutes, j'ai laissé à son songe une damoiselle à laquelle je venais de remettre une sphériole, vu qu'elle avait fait trois cauchemars d'affilée. Maintenant qu'elle maîtrisait ses pensées, elle souhaitait rêver tranquillement qu'on l'initiait à l'aquarelle en privé. Mais, peu après le début de son cours, l'éléon qui jouait le rôle du professeur de peinture s'est présenté à Bulle-Hâlée pour se plaindre qu'une végimale effrontée incarnant une monstrueuse citrouille avait fait irruption dans la strate et l'en avait chassé.

Il piaffa de colère et poursuivit :

— Les aiguilleurs ont voulu vérifier par dynamappe qui était l'intruse, mais l'appareil n'a montré que la rêveuse. Pourtant, elle n'était pas seule : elle reculait devant un adversaire invisible et paraissait très tourmentée. Pour tâcher d'en avoir le cœur net, mon premier aiguilleur s'est faufilé dans la strate en question et il a constaté qu'il s'y trouvait bien une grosse courge orangée, laquelle affichait une grimace taillée au couteau qui traumatisait la damoiselle.

Le centaure s'ébroua et n'en dit pas plus. Dame Sévira s'impatienta :

— Dong ! Et alors ? Que s'est-il passé ensuite ?

— Je ne sais pas. Je me suis précipité ici pour vous informer. Mais je suis toujours en contact avec mon aiguilleur espion. Attendez.

Il fit une pause et ajouta :

— Il m'indique à l'instant qu'il a reconnu l'importune : c'est Terribelle Angoisse. Elle vient de sortir un bloc doré qu'elle a appuyé sur la poitrine de la rêveuse.

— C'est le gobeur ! cria Edwin. Elle va se servir du gobe-sphériole !

— Vite ! lança le grand-sagesonge en s'adressant au centaure de vive voix, ainsi qu'aux autres gardiens par télépathie. Rendez-vous tous dans la strate H-101, attrapez la maldore, retirez-lui ce boîtier et amenez-la moi !

— Sieur Basané, prends ce raccourci ! commanda l'horloge en indiquant la rosace de verre coloré qui se trouvait devant son trône. Je viens de définir un passonge direct.

En un bond, le gardien-aiguilleur s'enfonça dans la mosaïque.

— Dynamappe magistrale… commença à dire le dirigeant de la Zone.

Les tentures s'écartèrent et l'énorme disque s'illumina. L'appareil, qui savait ce qu'on attendait de lui, ne se le fit même pas dire une fois et montra comment se déroulait le rêve perturbé de la jeune amatrice d'aquarelle. Les yeux rivés sur l'énorme dynamappe, les spectateurs virent apparaître deux douzaines d'Oneiros, leur rayon-attractoir brandi, qui encerclèrent un invisible ennemi. Tout à coup, dame Angoisse apparut sur l'écran au centre du cercle de gardiens.

— Bing ! Elle est à nouveau visible !

— Oui, l'énervement lui a fait perdre sa furtivité, se réjouit le chef.

À la vue de cette grosse citrouille à l'effroyable visage sculpté, la tortue se crispa comme un écolier dont le professeur a fait crisser sa craie sur le tableau noir. Sur la dynamappe, on vit les gardiens resserrer le cercle sans toutefois parvenir à immobiliser la maldore. Elle leur crachait ses graines à la figure avec autant de force qu'un mortier ses obus, à un rythme plus rapide que celui d'une rafale de mitrailleuse. Elle démontrait une puissance étonnante. Elle réussit à désarmer Azur Cyan, l'alerte gymnaste qui dirigeait Bulle-Turquoise, puis Charbon Anthracite, l'éléon translucide à la tête du Secteur-Gris. Ses projectiles firent même basculer l'imposant monolithe de résine qu'incarnait la dirigeante du Secteur-Xantho, Ambre Chamarre.

— Bong! D'où lui vient une telle énergie?

Personne ne se risqua à énoncer une réponse.

Voyant que les gardiens n'auraient pas le dessus, les acolytes se jetèrent un regard entendu. Ils se connaissaient depuis peu, mais chacun pouvait déjà déchiffrer les pensées de l'autre. Edwin avait fait ses preuves; c'était au tour d'Aix. Dans un geste discret,

Ardor passa son rayon-attractoir à Edwin, qui prit la relève de la damoiselle et assura la garde de dame Unmachin. Au même moment, Peccadille se transforma en tissu et se jeta sur les épaules d'Aix. Avant que les sagesonges puissent l'arrêter, la damoiselle plongea dans le vitrail, sous les aiguilles effarées de l'horloge.

Sur la dynamappe magistrale, les spectateurs restés dans la salle la virent gicler d'un tube de peinture à l'eau. Avec sa cape multicolore qui claquait dans son dos et un rayon-attractoir dans chaque main, elle fonça sur la citrouille, qui se mit aussitôt à la mitrailler de graines. Mais, aussi insensible que si des mouches l'avaient bombardée de grains de sel, Aix accéléra et s'abattit sur elle. Le choc fit vaciller la végimale, qui faillit en perdre sa dernière canine, sculptée au couteau dans la chair orange. Vive et agile dans ses gestes, l'éléone donna un coup de poignet et lui retira le gobe-sphériole du bout d'un rayon-attractoir. De l'autre, elle immobilisa la maldore.

Les gardiens demeurèrent d'abord pantois avant de l'acclamer en chœur. À leurs démonstrations d'enthousiasme se joignirent les cris de joie des spectateurs restés dans la tour du conseil. Ardor sautilla, Edwin siffla, Gentille se trémoussa, Carus applaudit et Lavisée sonna.

— Ouah! Elle a capturé Terribelle Angoisse! Ouah, ouah!

— Trrriiiittt! Elle lui a pris le gobeur!

— Quel exploit! Et quel soulagement!

— Hum! Nous allons enfin savoir comment fonctionne ce cube et apprendre pourquoi les maldors détruisent des sphérioles.

— Ding! Il me tarde d'avoir un tête-à-tête avec cette face grimaçante; je vais lui arracher la vérité une graine après l'autre et nous assisterons à sa déconfiture! Gong!

Prisonnières des faisceaux orangés que projetaient sur elles Edwin et Aix, les deux maldores, bien malgré elles, se tenaient sagement entre les sagesonges et les gardiens-aiguilleurs qui avaient repris leur place. Le gobeur reposait sur un guéridon, devant les trônes. Lavisée Sévira se leva.

— Dong! Dames Angoisse et Unmachin, je vous ordonne de nous dire pourquoi vous effrayez les rêveurs et détruisez les sphérioles; et je veux savoir où se cachent vos complices.

Aix et Edwin diminuèrent un peu l'intensité lumineuse pour laisser parler les captives. Mais elles gardèrent le silence.

— Gong! Grrr!

L'horloge se transforma en scie à chaîne et se propulsa sur elles en rugissant. Vive comme le fleuret d'un escrimeur, elle porta deux rapides coups en écharpe qui rasèrent le potiron et la boulette. Elle recula aussitôt et fit cesser sa rotation pour leur permettre de répondre. Sa feinte sembla fonctionner, car la langue de la citrouille se délia :

— Nous ne voulons plus être les esclaves des rêveurs; c'est pourquoi nous faisons tout ce que nous pouvons pour les décourager de revenir dans la Zone. Je ne vous dirai rien de plus!

Son entêtement énerva la tronçonneuse qui tourna sa colère contre Ilya Unmachin et refit tourner sa chaîne à pleins gaz devant elle. Cette fois, sa tactique fonctionna. La peur eut raison de la ténacité de la masse métallique et fut même plus forte que sa paralysie, car elle s'étira pour former une poutrelle creuse dont, bien entendu, un des quatre côtés manquait. En vibrant comme une feuille de tôle, elle s'écria :

— Pitié! Je vais parler!

La scie coupa son moteur et redevint hor-loge.

— Ding! Commence donc par nous raconter comment vous avez créé autant de cauchemars.

Depuis leur repaire, un Romain en armure dorée, un géant vêtu d'une houppelande mauve et un vampire, les yeux rivés sur une dynamappe aussi grande que la magis-trale, espionnaient ce qui se passait dans la salle du conseil.

— Es-tu certain qu'ils ne peuvent pas déce-ler notre intrusion? demanda Phantamar au géant.

— Sûr! Mon appareil peut fouiner n'im-porte où sans être détecté.

— Nous n'aurions pas dû nous fier à ces sottes! gronda Perfi Détorve. Voyez comme elles ont facilement été prises. Et maintenant, Ilya va lâchement dévoiler nos secrets!

— Par chance, elle ne sait pas grand-chose, dit l'Ombre Mauve. Nous la châtierons plus tard. Pour l'instant, il importe de récupérer le gobe-sphériole avant qu'ils ne l'endomma-gent. Pour ce faire, l'un de nous devra faire semblant de se rendre. Nous trois maîtrisons nos nouveaux pouvoirs bien mieux que ces deux imbéciles d'Angoisse et Unmachin ; nous ne risquons pas d'être interceptés. Alors, lequel y va ?

— Puisqu'on connaît mon identité, ce sera moi, dit le vampire.

Les deux autres acquiescèrent. Il sauta dans un passonge.

Dans la salle du conseil, la poutrelle entreprit de raconter comment ses complices et elle avaient provoqué l'épidémie de cauchemars. Elle expliqua qu'ils visitaient chaque nuit un grand nombre de rêveurs pour leur faire vivre les pires frayeurs et qu'ils les retenaient prisonniers jusqu'à ce qu'ils soient complètement terrorisés. Ils recueillaient alors les émanations négatives que relâchaient les dormeurs sous forme de sudation. Ils s'assuraient de prélever sur leurs victimes la sueur la plus dense et de la meilleure qualité, celle dont la concentration en agent panique était la plus forte.

« Ils utilisent de la sueur de terreur ! se dit Edwin. L'ami chimiste de Bou avait donc raison ! »

— C'est horrible ! s'exclama la tortue. Que faites-vous avec ça ?

— Nous la laissons au sieur Détorve. L'Ombre Mauve et lui sont responsables de l'aspersion.

— Dong! Quelle aspersion?

— Ils arrosent les porches-brume avec cette essence de terreur. Chaque jour de récolte nous procure assez de substance pour traiter dix pour cent des accès. Les dormeurs qui empruntent les passages contaminés se retrouvent imprégnés de mauvaise humeur. Comme leur stress est perceptible, les acteurs s'empressent de les libérer de leurs émotions par des rêves agités. Sans le savoir, ils font presque tout le travail à notre place. Il ne nous reste plus qu'à récolter l'huile de peur. Ses effluves angoissants se dissipent au bout d'une journée, mais, comme nous avons entre-temps renouvelé notre stock, mes compères aspergent de nouvelles spirales brumeuses et la réaction se poursuit.

Pétrifiés par l'abomination de ces aveux et craignant la colère de la vice-sagesonge d'ébène, qui risquait de frapper quiconque parlerait sans y avoir été convié, les gardiens réagirent avec discrétion, yeux exorbités, feuilles frémissantes et pièces vibrantes.

— Mais le rêve humain est notre destinée! s'exclama Gentille Mambonne.

— Oui, et chacun de nous devrait en être fier! ajouta le grand-sagesonge.

— Bong! Qui êtes-vous pour décider de ce qui est bon pour les Oneiros? Quelques individus n'ont pas le droit de choisir pour tout un peuple. C'est de la dictature, de la tyrannie! C'est non seulement cruel, c'est interdit! Nous devons sévir… et sévèrement. Dong! Vous allez être emmurées vivantes! Gong!

— Non… Plutôt mourir! gémit Ilya Unmachin en devenant toute molle.

— Bong! Nous ne sommes pas des meurtriers. Et ce ne serait pas un châtiment de te permettre d'aller flotter en liberté parmi les astres. Non, c'est décidé: ce sera l'isolation complète!

— Pitié… pleurnicha le métal malléable.

— Hum, ta sentence pourrait être allégée si tu continues de collaborer… avança le grand-sagesonge.

— Je t'interdis de parler! cracha Terribelle Angoisse à l'endroit de sa commère ramollie.

Aussitôt, Aix poussa le faisceau de son rayon-attractoir au maximum et pétrifia la citrouille.

— Je vais parler! clama dame Unmachin. Je vais dire tout ce que je sais!

— Pourquoi faites-vous disparaître nos précieuses étoiles? demanda Gentille Mambonne.

Aussi tremblante et bavarde qu'était forte sa crainte de se voir cloîtrée, l'activinertienne expliqua que c'était l'idée de ses compères éléons de prendre les étoiles, afin que les dormeurs n'aient plus aucun moyen d'échapper aux cauchemars et qu'ils aillent rêver ailleurs.

— Dong! C'est du suicide! De quoi notre peuple va-t-il vivre s'il n'y a plus de rêveurs ni d'étoiles pour nous fournir en énergie?

— L'Ombre Mauve prétend que nous n'avons rien à craindre… bredouilla Ilya.

Le tic-tac de l'horloge s'emballa. Tandis que son chef lui tapotait le dos pour qu'elle se calme, l'autre vice-sagesonge demanda, ses yeux baignés de larmes amères louchant plus que jamais:

— Mais comment avez-vous détruit les sphères de puissance?

— Détruit? s'étonna dame Unmachin. Qui les a détruites?

— Dong! Ne joue pas à la maligne! Dis-nous ce que vous avez fait aux étoiles.

La maldore haussa ses coins telles les épaules d'une personne dans l'ignorance et répondit:

— Les autres ne m'ont pas raconté ce qu'ils faisaient quand c'était à leur tour d'avoir le gobeur.

— Les autres… répéta la tortue. Dis-moi, Ilya. Qui se cache sous le masque de Phantamar et la cagoule de l'Ombre Mauve?

— Je ne sais pas.

Dame Sévira se transforma en chalumeau oxhydrique. Elle approcha son jet de gaz enflammé de l'activinertienne et gronda :

— Tu veux que je te soude les idées en place ?

— Non ! Je ne mens pas ! Je l'ignore !

— Hum, ça va, Lavisée, je crois qu'elle dit la vérité, dit le sieur Philein.

Lavisée Sévira se tourna vers Terribelle Angoisse.

— Dans ce cas, gronda-t-elle, que diriez-vous d'une citrouille flambée ?

La maldore, à qui Aix donna tout juste assez de liberté pour marmonner, maugréa :

— Jamais je ne trahirai mes compères, moi ! D'autant moins que je ne sais pas qui ils sont…

— Alors, moi, gronda la soudeuse en intensifiant sa flamme, je vais te découper en dés si menus qu'il y en aura pour tous les Oneiros !

À ce moment, la courge qui se trouvait entre Chape Doëgne et Halo Gene se mit à sautiller sur son siège. C'était Zou Kini, la directrice du Secteur-Vert à qui Carus Philein avait donné le mandat de surveiller les allées et venues des suspects. Elle n'avait pas abandonné, même si les maldors étaient devenus furtifs. Elle informa le grand-sagesonge que ses aiguilleurs venaient de capter le signal de Perfi Détorve. Le sortilégeois se baladait tout bonnement sur l'esplanade de Zoneira.

Au même instant, les vice-sagesonges et les gardiens furent surchargés de transmissions d'Oneiros les avisant qu'ils avaient constaté *de visu* la présence du gardien de Bulle-Zénith. Ils venaient de le croiser sur la grande place publique.

— Bong! Vite! Prenez ce passonge direct! commanda l'horloge aux gardiens-aiguilleurs.

Telle une armée efficace et bien disciplinée, ils se levèrent d'un même mouvement et, suivant l'ordre alphabétique des secteurs, ils plongèrent l'un après l'autre dans la mosaïque qu'elle leur indiquait.

La dynamappe magistrale s'alluma et montra l'esplanade. Elle était exceptionnellement déserte; la nouvelle avait circulé comme une traînée de poudre qu'il y avait un maldor à cet endroit et tous s'étaient agglutinés sur le pourtour. Un vampire isolé sur le parvis était appuyé avec nonchalance sur le parcmètre, indifférent à la peur et à la curiosité qu'il suscitait. Les vingt-quatre gardiens émergèrent de la fente à monnaie et firent cercle autour de lui. Sans opposer aucune résistance, il déposa son rayon-attractoir devant lui et le poussa du pied pour signifier qu'il se rendait. Sa soudaine résignation surprit, mais, plutôt que de chercher à l'expliquer, les gardiens en profitèrent pour l'amener devant le conseil.

— Dong! Sieur Détorve, tu es la honte des Oneiros! Comment as-tu osé…?

Outrée, dame Sévira fut incapable de poursuivre.

— Hum, ne gaspille pas ton temps, Lavisée, dit le sieur Philein.

Il se tourna vers le chef déchu de Bulle-Zénith et lui demanda:

— Comment êtes-vous parvenus à détruire des sphères de puissance?

Le vampire ricana en le défiant de ses yeux verts:

— Donne-moi le gobeur et je vais te le montrer.

— Il n'en est pas question!

— Dans ce cas, il n'est pas question que je te le dise.

Edwin avait été très étonné de voir le plus méchant et le plus hargneux des maldors suivre les gardiens avec autant de servilité qu'un doux agneau. C'était louche. Il remarqua que le sieur Détorve n'arrêtait pas de fixer le gobeur. « Il est ici pour tenter de le reprendre ! » réalisa-t-il. Par d'éloquents mouvements des yeux, il attira l'attention de la tortue, qui saisit son message. Dame Mambonne alla prendre le cube sur le guéridon et le mit en lieu sûr, à l'intérieur de sa carapace. Perfi Détorve comprit qu'il n'avait plus aucune chance de le récupérer. Ses épaules s'affaissèrent de dépit.

« C'est l'occasion ou jamais », se dit Edwin en voyant qu'il n'était plus sur le qui-vive. Il attira l'attention de ses acolytes en roulant à nouveau des yeux expressifs. Ils comprirent ce qu'il voulait.

Tout se passa très vite. Les dames Angoisse et Unmachin, déjà prises dans un faisceau paralysant, ne risquaient pas de s'en libérer. Les aiguilleurs sortirent leurs rayons-attractoirs et tirèrent sur elles. D'un même geste, Aix et Edwin détournèrent les leurs et les braquèrent sur le sieur Détorve. Il se figea sur-le-champ. Les gardiens réagirent aussi vite et leurs vingt-quatre jets orange se joignirent à la mitraille des damoiseaux.

Dans le repaire des maldors, Phantamar eut une réaction de dépit. Il leva les bras vers la grande dynamappe espionne en s'écriant :

— Cet imprudent a abaissé sa garde !

Dans la salle du conseil, Lavisée était vexée de ne pas avoir saisi le manège du gardien et doublement scandalisée par sa trahison. Elle lança avec courroux :

— Gong ! En *prisonge* ! Tous les trois ! Immédiatement !

— Non ! pleurnicha Ilya Unmachin. Pas la prisonge ! Je vais parler ! Je vais vous expliquer ce que je faisais avec le gobe-sphériole !

— Traître ! lui lança la citrouille par télépathie.

— Nous allons te faire chèrement payer cette infidélité ! ajouta le vampire en pensée.

— Emmenez ces deux-là et laissez Unmachin ici, commanda le grand-sagesonge.

Dame Sévira modifia la destination du vitrail passonge situé devant son trône et s'y engagea sans tarder. Tandis que Gentille, Carus, Peccadille, Ardor et huit gardiens restaient pour surveiller Ilya Unmachin, Aix et Edwin, escortés par les seize autres gardiens, suivirent l'horloge en entraînant avec eux les deux maldors impénitents, muets et pétrifiés comme des pierres par dix-huit feux soutenus. Ils émergèrent dans une grande grotte saturée de concrétions calcaires. Dès leur arrivée, des torches fixées aux parois s'allumèrent d'elles-mêmes. La vice-sagesonge ouvrait la marche. En contournant les stalagmites et en se penchant pour éviter les stalactites, ils gagnèrent le centre de la caverne où le sol était percé de trous noirs.

Les mains serrées sur le tube de son rayon-attractoir, Edwin demanda où ils étaient.

— Nous sommes au centre onirique de détention, répondit Chape Doëgne.

— C'est lugubre! Mais j'imagine que les prisons de chez nous le sont autant…

— Tu as raison. Par chance, nous n'avons pas à recourir souvent aux peines d'emprisongement. En fait, je dois t'avouer que c'est la première fois que je mets les pieds dans cet établissement.

— Balancez-moi ces traîtres au trou! ordonna Lavisée Sévira.

Ne sachant comment faire, les damoiseaux questionnèrent l'horloge du regard.

— Laissez faire les gardiens.

Les jeunes gens éteignirent leur arme. Deux groupes de huit gardiens s'élevèrent de concert dans les airs de façon à placer chaque prisonnier au-dessus d'un puits. Ils allongèrent le faisceau de leur rayon-attractoir et firent entrer les deux maldors dans une cavité. Au signal du gong, ils poussèrent le gradateur au maximum pour les expédier tout au fond, après quoi ils éteignirent leur appareil. Aussitôt, les fosses s'obturèrent. À la place des orifices apparurent deux diamants sertis dans le sol. Nul n'aurait pu dire qu'il y avait eu là des ouvertures.

15
Libération

De retour dans la salle du conseil, les damoiseaux, la vice-sagesonge d'ébène et les gardiens trouvèrent le sieur Philein et dame Mambonne qui se passaient le gobeur de main en patte. Ils ne se lassaient pas de le retourner. Le chien et le ballon, tenus à distance par leur obligation d'assurer la surveillance de la troisième prisonnière, observaient la scène avec curiosité, tout comme les huit gardiens. Le chef attendit que les autres aient repris leur place.

— Dame Unmachin, dit-il, tu vas maintenant nous dire comment fonctionne le gobeur.

— Je ne connais pas son principe. Les autres n'ont pas voulu me l'expliquer. Tout ce que je sais, c'est que, quand on l'appuie contre la poitrine d'un rêveur sphériolé, celui-ci bondit de réveil et l'étoile disparaît avec lui.

— Et tu n'as jamais rien vu? Pas de feu, de fumée ou d'étincelles?

La maldore, qui n'était plus qu'un caillou informe, répondit faiblement que non.

— Hum… Cette petite chose serait donc assez puissante pour pulvériser instantanément un astre?

Edwin considéra le bloc de cristal doré que Balthazar et lui avaient scruté à la loupe et même davantage. Plusieurs brefs souvenirs lui revinrent à l'esprit. « Dans le métro, le cube qui tombe et qui provoque une tempête d'éclairs. Dans le labo, sous le microscope, une porte à glissière. La mauvaise haleine du gobeur : de la sueur de terreur. » Il fronça les sourcils. « Les sphérioles seraient-elles attirées par la peur? » Il écarquilla les yeux. « Dans ce cas, serait-il possible que… »

Il rejoignit le grand-sagesonge et tendit les mains vers l'objet. Carus Philein le lui remit. Edwin plaqua ses doigts sur la surface et poussa vers le haut. Cela ne donna rien. Il recommença vers le bas, vers la droite et vers la gauche, mais rien ne bougea. Il changea de face et refit le même manège. Il essaya les six côtés, en vain. Il soupira :

— C'est trop serré… Il faudrait quelque chose de fin, mais de très solide.

Peccadille comprit ce qu'il cherchait. Elle signifia à Aix de prendre sa place et bondit dans la main d'Edwin sous la forme d'un pied-de-biche semblable à celui que les charpentiers utilisent pour arracher les clous, mais dont l'extrémité était si étroite et si fine qu'elle n'aurait pu enlever que des épingles de fourmis.

Edwin appuya l'outil sur le bloc et le fit glisser lentement sur sa surface.

— Là! s'exclama l'activinertienne. J'ai senti une fissure!

Le garçon se servit de Peccadille comme d'un levier, qu'il enfonça et abaissa. La plaquette coulissa. Dès que la faille devint visible, une lumière pointa par l'ouverture. Edwin n'eut pas le temps de poursuivre le mouvement qu'une tempête d'éclairs jaillit du gobe-sphériole.

Tous, damoiseaux, aiguilleurs, gardiens et sagesonges, furent aveuglés et durent détourner la tête. Quand ils rouvrirent les yeux, ce fut pour constater qu'une nuée de bulles de savon de toutes les tailles avait envahi la salle du conseil.

— Les sphérioles! s'exclama dame Mambonne. Elles n'ont pas été détruites!

— Bing! Elles avaient seulement été enfermées! se réjouit dame Sévira.

— Une si petite boîte contenait toutes les disparues? s'étonna le sieur Philein.

Enfin libres, les étoiles rondes aux reflets d'arc-en-ciel s'envolèrent, franchirent le dôme de verre et filèrent vers la glume pour retrouver leurs sœurs.

— Ils ont libéré les sphérioles! gronda le géant en fixant sa dynamappe furtive.

— Et ces trois imbéciles se sont laissés prendre… *Cucurbitæ caput habent!* Quelles têtes de courge!

Les deux maldors se mirent à tourner dans leur antre comme des lions en cage.

— Il faut se calmer, dit l'Ombre Mauve. La colère n'est pas bonne conseillère.

Il s'arrêta, fixa Phantamar et ajouta:

— On n'est jamais mieux servi que par soi-même. Nous n'avons donc pas le choix; si nous voulons reprendre le gobeur, nous devons nous livrer à notre tour. Nous nous occupe-rons ensuite de nos trois compères. Tu viens?

— Bien sûr! *Non hastas abjicere opportet!* Il ne faut pas baisser les armes. Il est hors de question que je renonce. Et je ne voudrais pas rater leur surprise pour tout l'or du monde…

Dans la salle du conseil, tous les êtres s'étaient levés et s'étaient mis à applaudir, à sauter et à faire la fête. Le sultan étreignit la sirène, la nappe de dentelle éponça les larmes de bonheur de la lionne et l'armure échangea une poignée de main avec le danseur de ballet. Le minotaure frotta ses cornes contre le tronc du noyer et Chape Doëgne embrassa Silika Philein sur les joues. Ses mains dans celles d'Edwin, Aix se mit à tournoyer avec lui et Carus Philein entraîna Gentille Mambonne en valsant. Ardor frétillait de la queue et Peccadille bondissait, tant ils auraient aimé se joindre aux réjouissances; bien entendu, ils ne le pouvaient pas; ils tenaient Ilya Unmachin en joue.

— Dong! résonna soudain le carillon de l'horloge, coupant court aux débordements de joie.

Le calme revint sans délai et tous les regards se posèrent sur Sévira.

— Rien ne sera terminé tant que Phantamar et l'Ombre Mauve n'auront pas été attrapés! dit-elle en se tournant vers la maldore. Tu ferais mieux de nous dire où se trouvent tes autres complices!

Ardor et Peccadille diminuèrent l'intensité de leur arme pour lui permettre de parler.

— Oui, dame Sévira, bredouilla l'autre. En fait, j'imagine qu'ils sont…

— Nous sommes ici! tonna une voix provenant du centre de la salle.

La présence du géant vêtu d'une cape mauve jeta les membres de l'assemblée dans le plus grand ahurissement. Ils n'eurent pas le temps de revenir de leur stupeur que son compère fit à son tour irruption dans la salle en jaillissant comme lui de la mosaïque reliée en permanence à l'observatoire principal du Secteur-Zénith.

Edwin, Aix et les gardiens dégainèrent et tirèrent. Les maldors continuèrent d'avancer. Les rayons paralysants n'avaient aucun effet sur eux. En réponse à la requête silencieuse du grand-sagesonge, la dynamappe magistrale afficha la salle du conseil. Mais personne ni aucun nom n'apparut à l'endroit où se trouvaient les nouveaux venus.

— Vous osez entrer ici sans vous départir de votre furtivité! gronda dame Sévira.

— Nous ne vous dérangerons pas longtemps, annonça Phantamar.

— Oui, nous récupérons notre gobeur et nous repartons, dit l'Ombre Mauve.

Aix ne pouvait pas voir le visage enfoui dans la capuche. Elle scruta cette silhouette et chercha à y déceler les marques de l'être qui lui était si cher. « Il est aussi grand et fort que papi, mais ce ne peut pas être lui, songea-t-elle. Pourtant aucun Oneiro n'est aussi puissant que mon grand-père... Oh! Soucougnan Nocturn, où es-tu? Qui est là devant moi?»

— Comment avez-vous pu capturer les sphérioles avec ce cube? demanda Carus Philein.

Les maldors gardèrent le silence.

— D'où vient ce cristal doré? interrogea soudain une jeune voix.

Phantamar tourna son masque vers Edwin.

— Tiens, tiens! Si c'est pas le jeune Robi... Notre gobe-sphériole t'intrigue, n'est-ce pas!

— Nous aussi, répliqua la tortue. Nul n'avait jamais vu un tel matériau dans la Zone. Où l'avez-vous trouvé? Comment peut-il neutraliser la fluidité des astres?

Nouveau silence.

— Gong! Vous allez nous dire ce que c'est que ce gobeur! ordonna l'horloge.

— Toi, vieille tocante mal remontée, souviens-toi de ceci: *omnes vulnerant, ultima necat!* Toutes les heures blessent, la dernière tue!

— Ding! Vieille tocante! Rien de moins! Garde donc ton latin pour compter les secondes, quand tu seras en prisonge, faux Cicéron de mes deux aiguilles!

— Tss... tss... fit l'Ombre Mauve en secouant la tête. Que d'énervement! En fait, ce que je peux vous dire, c'est que nous avons peiné pour le tailler, ce cube. Je souhaiterais que vous nous le rendiez.

— Dong! Veux-tu une sphériole, avec ça?

— Ce ne sera pas nécessaire, nous pourrons en capturer autant que nous le voudrons.

Ilya Unmachin, qui avait failli faire une syncope en voyant surgir les colosses, ne savait plus de quel côté elle devait pencher. Elle craignait ses chefs de mission encore plus que les sagesonges, sachant combien les premiers pouvaient être impitoyables et les autres miséricordieux. Incapable de dire lesquels étaient les plus forts, elle choisit de revenir vers ceux qui risquaient de lui faire payer le plus chèrement sa trahison s'ils gagnaient. Comme les aiguilleurs n'avaient pas augmenté l'intensité des rayons après qu'elle eût cessé de parler, elle n'était toujours paralysée qu'à moitié. Elle pouvait donc s'échapper des faibles faisceaux. Pour se racheter aux yeux de ses compères et regagner leur estime, il fallait qu'elle accomplisse une action d'éclat. Elle évalua la situation. «Je suis ici, le vitrail menant à l'esplanade est là et le gobeur se trouve au milieu… Bien. Un, deux, trois!»

Elle bondit. Au même moment, Phantamar s'élança; il avait eu la même idée qu'elle. Ce fut la collision entre le casque du Romain et la poutrelle d'acier qui s'effondrèrent, le premier aux pieds d'Edwin, la seconde sur le gobesphériole qui éclata en millions de miettes. Les particules étincelantes formèrent un nuage de poussière dorée qui s'éleva jusqu'au ciel où il se dispersa parmi les étoiles.

Edwin et la moitié des gardiens braquèrent leur faisceau sur Phantamar. Aix et les autres visèrent l'Ombre Mauve. Au même moment, Peccadille et Ardor tirèrent sur Unmachin. Mais aucun maldor ne fut affecté. Le Romain se releva et toisa Edwin avec un air de défi. L'autre géant se tourna vers les sagesonges en croisant les bras sur son torse. Ilya commença à glisser vers la mosaïque de sortie. Aix et Edwin la mirent aussitôt en joue et réussirent à l'immobiliser.

Sans lâcher sa captive, Aix s'approcha sans bruit derrière l'Ombre Mauve. Elle leva la main vers sa capuche pour la rabaisser et voir qui il était. Le colosse se retourna vivement et rugit si fort que la tour du conseil en trembla. Ébranlée, elle recula en murmurant d'une voix cassée par le chagrin :

— Papi ?

Ses yeux troublés suppliaient le géant de la rassurer. Mais il lui tourna le dos et l'ignora.

Phantamar leva son glaive et son épée, et tournoya sur lui-même en grondant :

— Vous allez chèrement nous payer la perte du gobe-sphériole!

Une main puissante se posa sur son épaule pour l'immobiliser et une voix autoritaire commanda:

— Arrête!

Le Romain se retourna pour faire face à son complice qu'il considéra avec étonnement.

— Non, Phantamar, dit l'Ombre. Nous avons perdu les sphérioles, nous avons perdu le gobeur, nous avons tout perdu. Il faut savoir admettre sa défaite. Jette tes armes.

Le gladiateur ne bougea pas. L'autre lui enleva ses armes et les balança au loin. Il y eut un lourd silence pendant lequel les deux maldors se toisèrent. Sous l'apparent silence avait lieu un dialogue télépathique privé.

— Oublie le gobeur, transmit l'Ombre. Pour l'instant, il faut empêcher cette couarde d'Unmachin d'en dire davantage.

— Tu as raison. J'imagine que le temps est venu de sortir le passe-partout!

— Non, pas tout de suite. Laissons-les d'abord nous enfermer. Ils croiront qu'ils ont vraiment gagné.

— Comme tu veux, admit mentalement Phantamar.

L'Ombre se tourna enfin vers les dirigeants et leur annonça:

— Sans gobeur, nous ne pouvons plus rien faire. Nous avons perdu. Nous nous rendons.

L'assemblée fut consternée par leur soudaine capitulation. Edwin profita de la confusion pour ramasser le rayon-attractoir de Phantamar. Il visa son masque et tira. Les regards se tournèrent vers le Romain dont le casque fut entouré de lumière orange. Ils virent le garçon donner un coup de poignet pour tenter de le lui retirer, mais rien ne bougea. L'objet semblait collé sur sa tête.

— Zut! fit Edwin en éteignant l'appareil.

L'horloge avait profité de la diversion pour se glisser derrière l'Ombre et elle s'était muée en un appareil photo. Quand le géant se retourna vers elle, elle alluma son puissant flash pour percer l'obscurité de son capuchon. Plus vif que l'éclair, le chef des rebelles leva un bras et bloqua le faisceau lumineux qui s'éteignit aussitôt dans un bruit de verre cassé.

— Vous ne pouvez rien nous faire sans notre consentement, annonça-t-il.

— Vous ne voulez pas qu'on voie vos visages? dit Carus Philein. Soit. Peu importe. L'identification prendra plus de temps, mais soyez assurés que nous découvrirons qui vous êtes.

L'Ombre Mauve secoua la tête avec agacement.

— J'ai dit que nous nous rendions! Dépêchez-vous donc de nous amener en prisonge avant que nous ne changions d'avis!

— C'est trop beau pour être vrai, transmit dame Sévira à ses confrères. Ils sont plus puissants que nous et pourtant ils se rendent... Leur reddition est louche; ça cache sûrement un piège.

— Hum, fit la tortue mentalement. Est-ce un leurre, ou sont-ils réellement désespérés par la perte du gobeur?

— Je l'ignore et je ne comprends pas plus que vous ce soudain revirement de situation, répondit le grand-sagesonge en pensée. S'il s'agit d'une manœuvre pour tenter de libérer leurs compères, c'est peine perdue, car nul ne peut accéder aux cellules, sauf si nous l'autorisons. Mais quand bien même ce ne serait qu'une ruse, il faut en profiter et il n'y a pas de temps à perdre. Tant qu'ils seront en liberté, nous ne pourrons pas être tranquilles, tandis que si nous parvenons à les enfermer ils n'auront plus aucune possibilité de s'échapper. Conduisons-les donc en prisonge avant qu'ils ne se ravisent.

— Gong! Suivez-moi! commanda d'une voix forte la vice-sagesonge d'ébène.

Les damoiseaux, leurs acolytes aiguilleurs et les vingt-quatre gardiens, guidés par les sage-songes, reprirent le chemin du centre onirique de détention avec les trois maldors captifs au bout de leurs rayons-attractoirs. Malgré l'urgence, leur progression fut plus lente, cette fois. Chacun devait éviter les obstacles de calcaire tout en gardant son faisceau bien braqué sur son prisonnier.

Tandis qu'ils serpentaient entre les stalagmites et les stalactites, Ilya Unmachin se mit à pleurnicher par télépathie :

— Je ne veux pas croupir dans un *cacho-neiro* !

— Tais-toi et subis ton sort, gronda le Romain.

La tension était palpable. Tant que les dangereux éléons n'étaient pas enfermés, tout pouvait arriver : une volte-face, une attaque, une évasion… Heureusement, ni Phantamar ni l'Ombre Mauve ne tentèrent de se rebiffer. Ils suivirent leurs gardes, dociles, et tous arrivèrent sans encombre au centre de la caverne. Trois nouveaux puits s'ouvrirent à côté des emplacements marqués par les diamants.

— Ding ! Aux *oublirêves* ! ordonna Lavisée Sévira sur un ton ironique.

— Non ! hurla Ilya Unmachin mentalement, mais avec un désespoir si intense que même

Edwin l'entendit. C'est là qu'on enferme les condamnés à perpétuité! Vous aviez dit que vous réduiriez ma peine! Pitié! Pas l'oublirêve!

— Bong! Àllez! Jetez-la-moi dans ce cul-de-bas-songe.

Edwin et ses amis précipitèrent la maldore dans sa profonde et inexpugnable cellule, où elle n'aurait plus la possibilité de communiquer avec les autres. Phantamar et l'Ombre Mauve se jetèrent un regard déterminé avant de sauter d'eux-mêmes chacun dans la sienne.

— On se reverra! monta la voix du Romain tandis qu'il chutait.

Les ouvertures se refermèrent. Les maldors étaient enfin tous emmurés. Il y eut un soupir de soulagement général. La mission était accomplie.

— Allez-vous la laisser là à vie? s'enquit Edwin en fixant la pierre précieuse qui marquait l'emplacement de la geôle d'Ilya Unmachin.

— Bien sûr que non, répondit la tortue. Nous lui avons promis une réduction de peine et nous allons respecter notre parole. Nous allons d'abord la laisser réfléchir une trentaine d'années, après quoi nous considérerons une mise en liberté surveillée.

— Et les autres? Êtes-vous sûrs qu'ils ne pourront pas s'échapper?

— Sûrs et certains, répondit le grand-sage-songe. Il n'y a rien de plus sécuritaire qu'un oublirêve.

— Ils sont pourtant très forts, ajouta le garçon. Qui vous dit qu'ils n'ont pas la clé pour s'échapper?

— Nos cellules n'ont pas de serrure. Une fois refermées, leurs parois ne présentent aucune ouverture, aucune fissure. La plus infime des particules ne pourrait pas en sortir. La seule chose qui peut ouvrir et fermer leur accès, c'est la volonté d'un de nous trois. Les maldors sont donc là pour très, très longtemps.

— Allez-vous les laisser là à jamais?

— Il est vrai qu'anéantir les rêves d'autrui est un crime très grave qui mériterait l'emprisonnement éternel, dit la tortue, mais nous ne sommes pas assez cruels pour prononcer une telle sentence. Ils auront droit à un procès équitable, mais sois rassuré; ils ne seront pas admissibles à une libération conditionnelle avant au moins cent cinquante ans.

Dame Sévira courba ses aiguilles à neuf heures dix pour afficher un sourire malin.

— Gong! S'il n'en tenait qu'à moi, j'opterais pour une réclusion d'une durée indéfinie que nous pourrions prolonger *ad vitam æternam*; ça les rendrait fous! Ding! Ding! Ding!

— Voyons, Lavisée, dit sa consœur, tu dis ça, mais tu ne pourrais jamais être aussi dure.

— Dong…

De retour dans la salle du conseil, les gardiens-aiguilleurs défilèrent devant Edwin et Aix pour les féliciter de leurs exploits et les remercier de leur aide. À l'exception de Chape Doëgne, ils filèrent ensuite distribuer des sphérioles aux rêveurs accablés. Les cauchemars étaient toujours nombreux; les effets du dernier épandage d'essence de terreur ne s'étaient pas encore dissipés. Mais déjà on sentait que l'atmosphère était moins lourde et que les rêveurs s'apaisaient, les maldors n'étant plus là pour les traumatiser. Les acteurs avaient reçu l'ordre de modérer leurs ardeurs et d'abréger les mauvais rêves. Le calme s'installait. La Zone onirique revenait à la normale.

Cinq fauteuils apparurent. Avec les trônes, ils se disposèrent autour d'une rosace colorée du plancher. Les sagesonges, les damoiseaux, le gardien Doëgne et les aiguilleurs s'assirent en cercle.

— Comment as-tu deviné que les sphérioles étaient enfermées dans le gobeur? demanda Aix.

Edwin hésita. Il n'avait jamais révélé à quiconque de la Zone qu'il avait transporté le cube avec lui dans la réalité, de crainte qu'on ne le prenne pour un fabulateur. « Le moment de vérité est arrivé », se dit-il. Il déglutit à plusieurs reprises. Puis il avoua tout, la découverte du cube dans sa chambre, les tests effectués avec Balthazar, ainsi que la découverte de l'edbalium, de la facette coulissante et de la puanteur qui s'était avérée celle de la transpiration.

On l'observait avec étonnement. La tortue dit en pensée à ses confrères :

— L'explosion qui a détruit Bulle-Neige l'aurait donc doté de si grandes facultés qu'il serait capable de faire traverser la glume aux objets oniriques ? C'est extraordinaire !

— Dong ! C'est impossible, répliqua mentalement sa consœur. Il doit avoir eu de l'aide !

— Hum... fit leur chef en silence. Ce sont certainement les sphérioles qui l'ont assisté.

— Bong ! Pour l'intraférage du gobeur, d'accord, mais on ne peut pas franchir les barrières des éléments comme ça !

— Lavisée a raison, ajouta Gentille ; même les étoiles en sont incapables...

Stupéfiées, les dames se figèrent.

— Les voies des songes sont impénétrables, transmit Carus Philein en pensée. Ne perdons pas notre temps à vouloir expliquer l'inexplicable et réjouissons-nous plutôt du résultat.

Inconscient du débat muet des dirigeants, Edwin poursuivit et expliqua ses déductions :

— Étant donné que plus un rêveur est stressé et plus il lui est facile d'intraférer une étoile, j'ai formulé l'hypothèse que vos astres sont attirés par la peur. Je me suis dit que les maldors devaient avoir suivi le même raisonnement et qu'ils se sont servis de la sudation de leurs victimes comme d'un appât dont ils ont enduit le gobeur afin d'attirer les sphères de puissance à l'intérieur. Voilà !

— Je comprends pourquoi les sphérioles t'ont choisi pour leur venir en aide, dit Carus Philein. Tu es non seulement doué, mais aussi perspicace et honnête !

— Bing ! Tu m'épates, jeune Robi ! Ding, ding !

— Bravo, damoiseau ! applaudit Gentille Mambonne.

Gêné de cette nouvelle acclamation, Edwin rougit et se mit à bâiller.

— Il y a cependant une chose que je ne m'explique toujours pas, dit la tortue. C'est que les sphérioles n'aient pas pu s'échapper du gobeur.

— Hum, ça demeure un mystère, en effet, dit Carus Philein. Mais nous le percerons bientôt ;

nous réussirons certainement à faire parler les maldors.

Edwin accueillit ces paroles avec un énorme bâillement.

— Tout va maintenant rentrer dans l'ordre et ton peuple va pouvoir recommencer à rêver dans le calme, ajouta le patriarche. Mon cher Edwin, je ne te remercierai jamais assez pour ton aide, sans laquelle nous n'aurions pas réussi. Grâce à toi, le sommeil humain est sauf!

Le garçon prit encore une large inspiration et répondit:

— C'est moi qui vous remercie, au nom des miens, de nous avoir libérés des maldors et de nous permettre de vivre de si beaux moments chaque nuit! Et je vous suis très reconnaissant de m'avoir fait découvrir votre monde fantastique!

L'ange entoura ses épaules de son bras et le serra avec affection. En battant autant des paupières que des ailes, il dit:

— Je suis très honoré d'être ton gardien. Je dois maintenant te laisser, car les rêveurs du Secteur-Uni réclament eux aussi leur part de sphérioles et de songes paisibles.

Edwin rougit et grimaça pour empêcher ses mâchoires de s'écarter.

— Merci, sieur Doëgne. Merci pour tout! Adieu…

— Pas adieu, mon petit, mais à bientôt! Tu demeures sous mon aile; nous aurons sûrement l'occasion de nous revoir une de ces nuits.

Edwin accueillit l'excellente nouvelle avec un grand bâillement qui le fit à nouveau s'empourprer. Mais c'était plus fort que lui; la nuit tirait à sa fin et il sentait de plus en plus les signes de repos, qu'il arrivait de moins en moins à repousser.

Chape Doëgne battit des ailes et disparut dans une mosaïque.

— Phantamar et l'Ombre Mauve sont-ils toujours furtifs? demanda Edwin aux sage-songes.

Carus questionna la dynamappe magistrale, qui annonça que oui et ajouta que les trois autres avaient aussi retrouvé leur furtivité.

— Croyez-vous pouvoir un jour découvrir qui ils sont?

— Sans problème, répondit sieur Philein. Nos détecteurs recensent en ce moment toute la population. Ils auront bientôt découvert qui sont les deux Oneiros qui manquent à l'appel et nous apprendrons du coup l'identité de ces éléons.

Edwin considéra les Oneiros. Il ne connaissait leur existence que depuis quatre nuits et il fallait déjà qu'il les quitte. Combien de temps s'écoulerait avant qu'il se retrouve à nouveau parmi eux? «Je me sens si bien, avec ces êtres étranges!» La pensée de l'imminente séparation lui pinça le cœur. Comme il sentait monter ses larmes, il se tourna vers l'horloge qui le fixait en se tenant bien droite.

— Dame Sévira... commença-t-il, mais sa gorge se noua et il fut incapable de poursuivre.

Des trois dirigeants, l'activinertienne était la seule qui l'avait traité avec froideur et, au départ, il n'avait pas éprouvé de sympathie pour elle. Mais il devait s'avouer qu'il s'était attaché à elle.

— Tic... tac... bing... répondit-elle faible-ment.

Celle qui était d'habitude plus démonstra-tive quand venait le temps d'exprimer de la colère fut trahie par son lent tic-tac et la fai-blesse de son carillon, qui prouvèrent à Edwin qu'elle partageait ses sentiments. Il serra avec émotion ses deux balanciers dans ses mains.

— Bong, bing... Fais de bons rêves, jeune Robi, dit-elle sur un ton de ressorts éraillés.

— Merci, dame Sévira. Vous allez me manquer, vous savez.

Elle détourna son cadran et lui regarda ailleurs. Son regard croisa celui de l'autre vice-sagesonge. Il soupira à l'idée qu'il ne verrait plus cette aimable tortue de mer qui l'avait toujours reçu avec chaleur. Devinant que les larmes allaient à nouveau l'emporter sur sa volonté, il se dépêcha d'en finir avec cette douloureuse séparation. Ses yeux dans les siens, il dit d'une voix étranglée :

— Dame Mambonne, ça a été un immense bonheur de vous rencontrer.

La tortue renifla avec bruit et dit sur un ton plus nasillard qu'à l'accoutumée :

— Pour moi aussi, mon petit ! Quand tu en auras envie, quitte ta strate et monte nous visiter. Je serai toujours là pour t'accueillir à nageoires ouvertes !

Edwin lui sourit avant de se tourner vers le patriarche. Le paisible éléon débonnaire lui avait plu dès le premier abord et il aurait souhaité pouvoir mieux le connaître. « J'ai au moins la consolation de savoir que le pays des songes est dirigé par un être intègre et charitable qui s'est entouré d'assistantes tout aussi vertueuses, et que tous trois régneront encore longtemps sur nos rêves ! »

Ils se serrèrent les mains et échangèrent un regard chargé d'estime.

— Sieur Philein, je vous remercie de tout cœur de m'avoir si cordialement accueilli et de m'avoir accordé votre confiance. Grâce à vous tous, j'ai vécu les plus belles nuits de ma vie !

— Et ce n'est pas fini. Elles vont se poursuivre, tout en étant cependant moins agitées. Tâche de bien profiter de tes moments de liberté. Et sache que tu seras toujours le bienvenu à Zoneira !

Edwin bâilla longuement. Le repos ne tarderait pas à avoir le dessus. Mais il lutta, ne voulant pas partir sans avoir salué ses complices des dernières nuits, ses acolytes, ses chers amis.

Il s'avança vers Aix et lui sourit, même s'il avait envie comme elle de laisser couler ses larmes sur ses joues. Il avait tant d'affinités avec cette damoiselle ! En si peu de temps, une camaraderie aussi franche que celle qu'il avait avec Balthazar était née entre eux, malgré le fait qu'ils appartenaient à des mondes totalement différents. Tous deux trop émus, ils ne trouvaient pas les mots qui convenaient. Il passa ses bras autour de ses épaules. Elle l'étreignit le plus fort qu'elle put. Le chien bondit, posa ses pattes sur eux en trépignant et aboya à plusieurs reprises, ce qui leur arracha un éclat de rire.

— Arrête, Ardor, hi, hi, hi ! Tu me chatouilles ! ricana Aix.

— Vous avez été tous les deux fantastiques, jappa le sieur Kerber. J'ai adoré ces moments avec vous ! Quelles péripéties ! C'était génial ! Ouah !

Dame Bagatelle les rejoignit. Elle abandonna son apparence de grosse boule, forma un cerceau bigarré autour de ses trois compagnons et se mit à tourner autour de leurs tailles.

— Je suis si contente d'avoir vécu ces aventures avec vous! formula-t-elle. Et je vous remercie de m'avoir acceptée à vos côtés. Vous êtes très bons!

Ardor se mit à lécher les deux jeunes gens, qui protestèrent en pouffant. Ils tentèrent de s'échapper, mais en furent incapables; ils étaient pris dans le cercle de pâte. Peccadille se mit à rire et à se gonfler. Le mince anneau s'épaissit et devint une bouée de sauvetage. Le végimal poursuivit ses coups de langue fébriles et l'activinertienne continua à rigoler et à grossir. Sa matière molle tremblotait à chaque éclat en chatouillant Aix et Edwin, qui éclatèrent de rire à leur tour. Le beignet s'empâta davantage et redevint un gros ballon coloré surmonté de trois têtes joyeuses.

Lorsqu'elle vit que le rire d'Edwin se muait en bâillement, Peccadille se résigna à les libérer. Le garçon éprouvait du mal à faire cligner ses paupières. Sa vue s'embrouillait, tant par le repos que par l'émotion.

— Au revoir, mes amis, parvint-il à dire entre deux bâillements.

— Nous viendrons te visiter dans tes songes ! lui promirent Aix, Peccadille et Ardor.

Tout heureux et soudain léger, le garçon disparut et fila vers une tour de chute pour réintégrer son monde et sa douce réalité.

Edwin Robi se réveilla par un matin radieux. Les oiseaux chantaient, l'horizon était d'or rose, tout était paisible. Les sphérioles étaient sauves, les maldors étaient hors d'état de nuire et le calme était revenu. Il soupira de bonheur. Son sourire s'élargit lorsqu'il songea au précieux trésor qu'il avait ramené avec lui. Car il avait enfoui dans son cœur et intraféré à jamais l'amitié de ses acolytes, qu'il retrouverait dorénavant chaque nuit dans la Zone onirique.

PRINCIPAUX PERSONNAGES

Aix Nocturn: Éléone adolescente de treize ans, qui guide Edwin dans la Zone onirique.

Ardor Kerber: Végimal dont l'apparence est celle d'un chien roux, qui escorte Edwin dans la Zone onirique.

Balthazar Canier: Aussi appelé Bou et Boucanier-le-Pirate; Virtuose de l'informatique, meilleur ami d'Edwin.

Bou: Surnom de Balthazar Canier.

Boucanier-le-Pirate: Surnom de Balthazar Canier.

Carus Philein: Grand-sagesonge, Oneiro dont l'apparence est celle d'un vieil homme translucide.

Cécile Robi: Grand-mère d'Edwin, administratrice d'une firme de génie-conseil.

Chape Doëgne: Oneiro ayant l'apparence d'un ange, gardien-aiguilleur de Bulle-Unie.

Edwin Robi: Jeune garçon qui maîtrise le déroulement de ses songes et en choisit le contenu.

Eskons Konay: Actrice éléone qui interprète des rôles humains dans les rêves

Gentille Mambonne: Oneira végimale dont l'apparence est celle d'une tortue de mer; elle est l'une des vice-sagesonges.

Ilya Unmachin: Activinertienne qui incarne divers objets.

Kamal Klibi: Éléon dont l'apparence est celle d'un homme moustachu, premier aiguilleur de Bulle-Unie.

Lavisée Sévira: Oneira activinertienne dont l'apparence est celle d'une horloge de parquet; elle est l'une des vice-sagesonges.
Lorenzo Siciliano: Propriétaire d'une pizzeria située non loin de la résidence d'Edwin Robi.

Magie-Reine Canier: Mère de Balthazar et de Melchia.
Melchia Canier: Petite sœur de Balthazar.

Ombre Mauve: Maldor éléon dont l'apparence est celle d'un géant, qui se dissimule sous une cape violette.

Peccadille Bagatelle : Activinertienne dont l'apparence est celle d'un ballon de plage, qui escorte Edwin dans la Zone onirique.

Perfi Détorve : Sortilégeois dont l'apparence est celle d'un vampire, gardien-aiguilleur de Bulle-Zénith

Phantamar : Maldor éléon dont l'apparence est celle d'un empereur romain, et qui utilise des citations latines

Pipio Biset : Oneiro végimal ayant l'apparence d'un pigeon ; c'est un des aiguilleurs de Bulle-Unie.

Silika Philein : Éléone ayant l'apparence d'une dame âgée, sœur jumelle du grand-sagesonge et gardienne-aiguilleuse du Secteur-Quartz

Soucougnan Nocturn : Éléon ayant l'apparence d'un géant, généralement vêtu de vêtements amples de couleur violette.

Tain Psyché : Oneiro activinertien ayant l'apparence d'un grand miroir ; c'est un des aiguilleurs de Bulle-Unie.

Terribelle Angoisse : Végimale qui incarne divers végétaux et animaux.

GLOSSAIRE

Acteur, actrice : Oneiro qui joue un rôle dans le rêve d'un dormeur.

Activinertien, activinertienne : Être onirique qui peut se transformer en objet.

Aiguilleur : Oneiro qui dirige les rêveurs vers les strates où ils vont vivre leurs songes.

Arrêt-passonge : Passonge aux destinations multiples, relié aux endroits les plus fréquentés.

Bulle-Unie : Nom de l'observatoire du gardien-aiguilleur responsable d'Edwin.

Cachoneiro : Cachot où on enferme les Oneiros coupables dans la Zone onirique.

Cul-de-strate : Passonge sans issue, aussi appelé impassonge.

Doyen-aiguilleur : Oneiro, supérieur des gardiens-aiguilleurs.

Dynamappe : Carte dynamique permettant de localiser les personnes qui rêvent et les passonges.

Dynamappe magistrale : Dynamappe géante de la salle du conseil des sagesonges.

Edbalium : Nom donné par Balthazar à la matière inconnue qui compose le gobeur.

Éléon, éléone : Être onirique translucide qui peut se transformer en humain.

Gardien-aiguilleur : Oneiro, chef de secteur qui dirige des milliers d'aiguilleurs.

Glume : Enveloppe gélatineuse qui isole le noyau de l'orbite de la Zone onirique.

Gobeur : Cube de cristal doré qu'utilisent les maldors pour annihiler l'effet des étoiles oniriques.

Grand-sagesonge : Oneiro, premier dirigeant de la Zone onirique.

Horloge-fuseaux : Globe terrestre indiquant l'heure ainsi que les zones de jour et de nuit sur terre.

Impassonge : Passonge sans issue, aussi appelé cul-de-strate.

Intraférer : Enfouir quelque chose dans son cœur.

Maldor : Oneiro rebelle qui terrorise les rêveurs dans le but de les chasser de la Zone onirique.

Noyau : Cœur de la Zone onirique, où habitent les Oneiros.

Observatoire : Tour de verre en forme de champignon où travaillent les aiguilleurs.

Oneiro, Oneira : Habitant de la Zone onirique.

Orbite : Cosmos onirique où flotte l'esprit des dormeurs qui ne sont pas en train de rêver.

Oublirêve : Oubliette dans laquelle on enferme les Oneiros coupables dans la Zone onirique.

Passonge : Passage qui relie instantanément deux endroits de la Zone onirique.

Porche-brume : Spirale nébuleuse qui sert d'accès à la Zone onirique et d'issue vers la réalité.

Prisonge : Prison dans la Zone onirique.

Rayon-attractoir : Instrument qui sert à paralyser et à attirer les gens et les êtres oniriques.

Sagesonge : Oneiro membre du conseil d'administration de la Zone onirique et, par le fait même, dirigeant de la Zone onirique.

Sortilégeois, sortilégeoise : Être onirique qui peut se transformer en créature fantastique.

Sphère de puissance : Étoile de la Zone onirique qui a l'apparence d'une bulle de savon, aussi appelée sphériole.

Sphériole : Étoile de la Zone onirique qui a l'apparence d'une bulle de savon, aussi appelée sphère de puissance.

Strate : Scène où un rêveur vit son songe, aménagée par son esprit.

Tour de chute : Très haute tour de verre à sens unique qui relie la glume au noyau.

Végimal, végimale : Être onirique qui peut se transformer en végétal ou en animal.

Vice-sagesonge : Oneira, collaboratrice du grand-sagesonge.

Zone onirique : Pays des rêves où se retrouve l'esprit des humains endormis.

Zoneira : Capitale et ville la plus importante de la Zone onirique.

TABLE DES MATIÈRES

LA ZONE

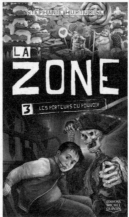